Todos los miedos

Esta edición ha contado con el patrocinio de

Ayuntamiento de Gijón

En cubierta: fotografía de © KKGAS / Stocksy United
Diseño gráfico: Gloria Gauger

c/ Almagro 25, ppal. dcha.
28010 Madrid. Tel.: + 34 91 355 57 20
Fax: + 34 91 355 22 01
www.siruela.com
ISBN: 978-84-16465-84-2
Depósito legal: M-32.355-2015
Impreso en Rigormagráfic
Printed and made in Spain

Papel 100% procedente de bosques bien gestionados de acuerdo con criterios de sostenibilidad

Miguel Ángel González

Todos los miedos

Siruela
Nuevos Tiempos

Acta de la reunión del Jurado calificador del Premio de Novela Café Gijón 2015

Reunido desde las 20:00 horas del miércoles 9 de septiembre de 2015, en el Café Gijón de Madrid, el Jurado calificador del Premio de Novela Café Gijón, compuesto por D.ª Mercedes Monmany, D. Antonio Colinas, D. Marcos Giralt Torrente, D.ª Rosa Regàs y D. José María Guelbenzu, en calidad de presidente, y actuando como secretaria D.ª Patricia Menéndez Benavente, tras las oportunas deliberaciones y votaciones, el Jurado acuerda:

Otorgar por mayoría el Premio de Novela Café Gijón 2015 a la novela *Todos los miedos* presentada por Miguel Ángel González.

El Jurado ha destacado que en la novela hay dos voces narrativas unidas por un estilo común y una alta ambición expresiva. Ambas cuentan historias aparentemente disímiles, con el denominador común de un pasado familiar cuyo dolor solo se soporta gracias a la distancia temporal y la frialdad de los narradores.

La trama y la subtrama de las dos historias se van desarrollando con gran sutileza y con un resultado de gran calidad literaria.

Rosa Regàs

Mercedes Monmany

José María Guelbenzu

Antonio Colinas

Marcos Giralt Torrente

Índice

MIEDO

Miedo a ver un coche de policía acercarse a mi puerta.
Miedo a dormirme por la noche.
Miedo a no dormirme.
Miedo al pasado resucitando.
Miedo al presente echando a volar.
Miedo al teléfono que suena en la quietud de la noche.
Miedo a las tormentas eléctricas.
Miedo a la limpiadora que tiene una mancha en la mejilla.
Miedo a los perros que me han dicho que no muerden.
Miedo a la ansiedad.
Miedo a tener que identificar el cuerpo de un amigo muerto.
Miedo a quedarme sin dinero.
Miedo a tener demasiado, aunque la gente no creerá esto.
Miedo a los perfiles psicológicos.
Miedo a llegar tarde y miedo a llegar antes que nadie.
Miedo a la letra de mis hijos en los sobres.
Miedo a que mueran antes que yo y me sienta culpable.
Miedo a tener que vivir con mi madre cuando ella sea vieja,
[y yo también.

Miedo a la confusión.
Miedo a que este día acabe con una nota infeliz.
Miedo a llegar y encontrarme con que te has ido.
Miedo a no amar y miedo a no amar lo suficiente.
Miedo a que lo que yo amo resulte letal para los que amo.
Miedo a la muerte.
Miedo a vivir demasiado.
Miedo a la muerte.

Ya he dicho eso.

Poema extraído del libro *Todos nosotros*,
de Raymond Carver

Prefacio

En la gala de los premios Goya de hace algunos años, Pedro Almodóvar subió a recoger un galardón por su trabajo como director en una película cuyo título ahora no recuerdo; y lo hizo con una piedra en la mano. Era una piedra blanca de considerables dimensiones; más que una piedra, parecía realmente un trozo de fachada.

Él agarraba fuertemente aquel pedazo de pared con los dedos pulgar, índice y corazón de su mano izquierda, y fue justo de ese modo como decidió personarse en el escenario.

Al subir las escaleras que le separaban de la estatuilla que acababan de otorgarle, la inercia le llevó a dibujar un pequeño vaivén con los brazos, del mismo modo en que lo haríamos cualquiera de nosotros al recorrer media decena de peldaños, manchando involuntariamente la pernera de su pantalón de yeso blanco.

A él este infortunio no pareció importarle demasiado, puesto que continuó sonriendo hasta llegar al atril desde el que tenía que pronunciar su discurso, con su inmaculado esmoquin negro manchado de yeso blanco y el desmesurado escombro sujeto por los dedos pulgar, índice y corazón de su mano izquierda.

Luego se colocó frente al micrófono, tragó una gran bocanada de aire y dio las gracias. No recuerdo demasiado bien esta parte de su discurso, pero supongo que reconoció el apoyo recibido por parte de sus familiares y amigos y compartió el trofeo con los miembros del equipo técnico y artístico.

Acto seguido alzó el brazo, levantando la piedra tanto como su corta estatura le permitía, y finalmente gritó:

—¡Esto que tengo en mis manos es parte de la historia universal! ¡Esto que tengo en mis manos es un pedazo del muro de Berlín! ¡Hoy celebramos que somos un poco más libres!

Aquel año era 1989 y pocas semanas antes Mijaíl Sergéyevich Gorbachov había pronunciado el famoso discurso en el que, por vez primera, hablaba sobre el posible derrumbamiento del muro que había partido en dos a Alemania durante casi tres décadas.

El caso es que todos los asistentes a la ceremonia se pusieron en pie y aplaudieron con fervor y admiración a aquel pequeño hombre que sostenía una piedra enorme con los dedos pulgar, índice y corazón de su mano izquierda, como si de algún modo creyeran que él hubiera sido una pieza fundamental en el derrocamiento del comunismo soviético.

Y él se quedó allí.

De pie.

Inmóvil.

Petrificado.

Observando detenidamente a todas aquellas personas

que le aclamaban, sin bajar en ningún momento el brazo; y cuando sus ojos se inundaron por la emoción que le embargaba, les agradeció su cálido aplauso acercando el trozo del muro de la vergüenza contra su pecho, manchando su solapa también de yeso blanco, y prometiéndoles que nunca olvidaría aquel momento.

Años después otra película de Pedro Almodóvar volvió a copar la lista de nominaciones para la gala de los premios de la Academia de Cine, pero esta vez, contra todo pronóstico, su obra no se alzó con ninguna estatuilla, o tal vez sí que lo hizo, pero en tal caso debió tratarse de uno de esos premios menores que se entregan para destacar algún logro técnico del film y que no despiertan interés en nadie.

Así que el genial creador manchego se pasó toda la noche sentado en su silla, sin que nadie le dejara subir al escenario para enseñarles más piedras al resto de directores, productores y actores.

Esto hizo que se disgustara profundamente con todos sus compañeros de profesión, los mismos a los que prometió fidelidad eterna años antes tras recibir su ovación; y esa misma noche, al finalizar el evento, prometió ante las cámaras que nunca más asistiría a la ceremonia.

Lo que intento explicar con esta introducción es que las cosas siempre funcionan así, la opinión de la gente sobre el mundo que hay a su alrededor cambia constantemente. Cambió la de los miembros de la Academia sobre el trabajo de Almodóvar y también cambió la suya propia sobre sus compañeros de profesión.

Y es que por mucho que nos esforcemos en intentar moldear la percepción que el resto de personas tienen sobre nosotros, e incluso la que nosotros mismos tenemos sobre todo cuanto nos rodea, los factores externos que intervienen influyen en que el resultado final se escape a nuestro control.

Supongo que las dos historias que les voy a contar tratan justamente de esto, de la forma casi imperceptible en que los acontecimientos de nuestra vida logran modificar para siempre el concepto que tenemos sobre el mundo que nos rodea.

¿QUIÉN TEME AL LOBO FEROZ?

Who's afraid of the big bad wolf?
Big bad wolf, big bad wolf
Who's afraid of the big bad wolf?
Tra la la la la[1]

Música y letra de Frank Churchill

[1] ¿Quién teme al lobo feroz? / Lobo feroz, lobo feroz / ¿Quién teme al lobo feroz? / Tra la la la la

1

El coche de mi padre era un viejo Ford Taunus de 1981. Las mañanas que hacía frío le costaba ponerse en marcha del mismo modo que a un anciano le cuesta levantarse de una silla tras haber pasado un largo tiempo sentado en ella.

Cuando esto ocurría mi padre hacía girar la pequeña manivela del *starter* que se encontraba situada bajo el volante y entonces el vehículo emprendía la marcha dejando tras de sí una densa estela de humo blanco.

Llegamos al hospital en el momento exacto en que el reloj del salpicadero marcaba las nueve y treinta y siete minutos de la mañana.

Mi madre llevaba alrededor de dos semanas ingresada, pero aquella era la primera vez que yo iba a visitarla.

Mi padre giró las llaves hacia la izquierda y después las extrajo del contacto, en ese momento el motor dejó de rugir.

Después me miró detenidamente y estuvo un rato largo haciéndolo sin pronunciar palabra; un rato tan largo que las ventanillas y la luna delantera del automóvil comenzaron a inundarse de vaho; un vaho espeso que nos impedía ver el exterior.

—Hay que tener paciencia con ella —dijo finalmente—. Está muy débil y le cuesta hablar, así que no empieces a hacerle preguntas estúpidas como si fueras un niño pequeño cuando la veas, ¿me oyes?

—No le haré ninguna —dije—, te lo prometo.

Y lo cierto es que tenía dos o tres millones preparadas para cuando la viera, pero en ese mismo instante decidí olvidarlas todas puesto que temía que si contradecía a mi padre pudiera cambiar de opinión, llevándome de nuevo a casa, al considerar que aún era demasiado pronto para que un niño como yo pudiera visitar a su madre en un centro médico.

El parking estaba abarrotado, por lo que nos vimos obligados a estacionar a más de medio kilómetro de distancia y recorrer el camino que nos separaba del hospital a pie. Hacía tanto frío que intenté ocultar mis manos desnudas en los bolsillos de mi pantalón vaquero, pero no cabían del todo, así que cuando volvimos a estar bajo techo y las saqué, la costura había dejado una marca a la altura de mis nudillos. La parte de la mano que había quedado al descubierto tenía un tono amoratado.

Mi padre le preguntó algo a la chica que se encontraba tras el mostrador de la recepción y cuando esta le respondió, él le dio las gracias.

Desde el lugar en el que me encontraba no pude escuchar la conversación que mantuvieron, pero puesto que mi madre había pasado todos los días anteriores en la Unidad de Cuidados Intensivos y aquella misma mañana la habían trasladado a una habitación, supuse que le estaría preguntando por el número.

Cuando entramos estaba tumbada en la cama, con el respaldo levantado, la sábana a la altura del tórax y los brazos acomodados sobre ella, con las manos apoyadas en sus muslos.

Sonrió al vernos bajo el umbral.

No tenía mal aspecto, al menos no tan malo como había imaginado cuando recibimos la noticia; pero recuerdo que cuando vi su sonrisa me pareció el ser humano más frágil del mundo, como si todo su cuerpo, sus órganos y sus huesos estuvieran hechos de un delicado cristal de Bohemia que estuviera a punto de estallar en mil pedazos en cualquier momento.

—¡Te has puesto corbata! —dijo dejando escapar un hilo de voz fino y quebradizo.

Mi padre bajó la mirada hacia su propio pecho, como si hubiera olvidado la ropa que se había puesto un par de horas antes y necesitara mirarla de nuevo para recordarla.

Yo tampoco me había fijado. Durante todo el viaje había conducido con su chaqueta de ante abrochada hasta la altura del cuello, y se la había quitado un instante antes de atravesar la puerta de la habitación en la que descansaba mi madre.

Llevaba unos pantalones caquis de pinzas, una camisa blanca y la corbata que se compró para asistir a mi bautizo. Era la única que tenía y desde aquella ocasión nunca la había vuelto a utilizar.

—Estás muy guapo —le dijo—; y tú también —concluyó, dirigiéndose a mí.

—Pensábamos traer flores —respondió mi padre—, pero es demasiado pronto y todas las tiendas por las que hemos pasado estaban cerradas.

—No seas idiota —le recriminó en tono cariñoso ella—. Las flores se marchitan enseguida.

Después de pronunciar aquellas palabras, se giró hacia la pequeña mesa plegable que había junto a uno de sus costados y cogió un vaso de plástico lleno de agua. Lo agarró con ambas manos, como si pesara una tonelada, y lo vació por completo bebiendo de forma pausada.

Yo la miré en silencio, observando el movimiento que dibujaba en su garganta el líquido al pasar.

—¿Y tú? —me dijo tras colocar de nuevo el vaso en la bandeja—. ¿No piensas decirle nada a tu madre?

Miré a mi padre, que continuaba con la cabeza gacha como si aún siguiera inspeccionando su indumentaria, y corrí hacia la cama para abrazarla.

—¿Te hago daño? —le pregunté cuando intenté abarcarla por completo entre mis brazos.

—No te preocupes por eso —respondió ella.

De repente comencé a llorar, las lágrimas que brotaban de mis ojos recorrían mi rostro hasta morir en el mentón, humedeciendo el camisón de mi madre.

—Lo siento —le dije.

—¿Y por qué lo sientes? —preguntó ella.

—Porque le prometí a papá que no te haría ninguna pregunta.

2

Una vez me puse muy enfermo y me dieron una pastilla naranja y un vaso de agua para que me la tragara y yo lo hice; y al principio fue muy bien, me bajó la fiebre y dejé de temblar, pero luego todo se torció.

Lo primero en inflamarse fueron los párpados, se me hincharon tanto que al final no podía abrir los ojos y no conseguía ver nada. No podía ver a mi padre, tampoco a mi madre, pero podía escucharles, les oía gritarse mientras andaban por toda la casa.

—¿Has visto su cara? —decía mi madre—. Tenemos que ir al hospital.

Me metieron en el coche y me llevaron a urgencias. Era de noche. La inflamación me impedía ver la carretera, pero estábamos a finales de diciembre y percibía el resplandor de las luces de los adornos navideños.

Me pusieron una inyección y me sentaron en una silla de plástico hasta que mi cara dejó de parecer un balón de playa.

Luego regresamos a casa por el mismo trayecto que habíamos utilizado para ir hasta allí. Las luces seguían en el mismo sitio, pero estaban apagadas.

Hasta aquel día siempre había pensado que las dejaban encendidas durante toda la madrugada.

Después de mi reacción alérgica regresamos al hospital varias veces.

Tuve que ir, poco tiempo después, para que probaran sobre mí diferentes medicamentos y así comprobar mi resistencia a ellos.

Eran pruebas largas y tediosas.

Primero me escribían el nombre de varios productos en ambos antebrazos y después, junto a cada nombre, ponían una pequeña muestra líquida. Por mi parte lo único que tenía que hacer era esperar. No es que fuera difícil, pero me resultaba soporífero.

Había un quiosco justo al lado del hospital. Algunas veces, para paliar mi desidia, mi madre me compraba algún cómic.

Todas las historias eran similares, hablaban de superhombres que debían enfrentarse a poderosos enemigos que anhelaban acabar con el mundo o, en su defecto, conquistarlo. Pero había uno que no se parecía en nada al resto, se llamaba Supreme y era el único superhéroe invencible.

Todos los poderes de Superman, por ejemplo, se vuelven inútiles cuando alguien le acerca un poco de kriptonita. Batman o Ironman no son más que empresarios millonarios rodeados por un montón de estrambóticos artilugios, pero un simple catarro les podría dejar una semana postrados en la cama.

Supreme, al contrario que todos ellos, es indestructible, no tiene puntos débiles, por eso no necesita parecer buena persona, ni pasarse el día ayudando a adorables ancianas a cruzar la calle. A él no le importa ser despreciable, por mucho que se le odie seguirá siendo invencible.

Tras la primera visita a mi madre, al regresar caminando hasta el lugar en el que habíamos estacionado, descubrí el quiosco en el que había comprado cada uno de los cómics que leí durante mis tediosas pruebas médicas. Los nervios por encontrarme con ella habían hecho que no hubiera reparado en él durante el trayecto de ida.

Me quedé mirándolo fijamente y me puse a llorar.

—¿Qué te pasa? ¿Por qué lloras? —me preguntó mi padre.

Pero no respondí, porque él ni siquiera conocía a Supreme y hubiera sido imposible explicarle todo lo que en ese momento sentía por dentro.

3

En ocasiones el azar es caprichoso y juega un papel trascendental en lo que nos ocurre; lo es hasta tal punto que cabe plantearse si de forma premeditada, en determinadas circunstancias, el destino toma cartas en nuestro propio devenir.

Angela Isadora Duncan, comúnmente conocida por el público como Isadora Duncan, fue una destacada bailarina y coreógrafa, nacida en la ciudad norteamericana de San Francisco el 27 de mayo del año 1877, considerada por algunos de los críticos más conocedores de la materia como la precursora de la danza moderna.

En los primeros meses del año 1900, la familia de Isadora abandonó Estados Unidos para instalarse en Londres; allí fue donde, de forma autodidacta, comenzó a interesarse por el mundo de la coreografía, sobre todo tras quedar prendada con los dibujos de figuras danzantes de la Grecia clásica que descubrió expuestos en una galería del Museo Británico.

Basándose en ellos diseñó un estilo de baile único y revolucionario, que nada parecía tener en común con el que enseñaban en las escuelas de la época.

Sus creaciones versaban sobre el amor, la muerte y la tragedia; temas muy alejados de las composiciones habituales, que solían narrar acontecimientos heroicos.

Pero fue su provocativa puesta en escena lo que la convirtió en una leyenda.

Isadora pisaba el escenario descalza, vistiendo únicamente diferentes conjuntos de gasas semitransparentes que dejaban entrever sus muslos desnudos, y con su larga cabellera rizada al aire, acompasando los movimientos de sus mechones con los del resto de su sensual anatomía.

Esta imagen la alejaba considerablemente de las bailarinas tradicionales, mucho más recatadas, que solían lucir zapatillas de punta, tutú y el pelo anudado en una coleta o en un moño.

La noche del 14 de septiembre del año 1927, Isadora abandonó una multitudinaria fiesta del brazo de su joven amante, Benoît Falchetto. Se subió junto a él a su automóvil y, antes de partir, asomó la cabeza por la ventanilla del copiloto para despedirse de los amigos que la habían acompañado hasta la puerta diciéndoles:

—*Je vais à la gloire!*[2]

Y aunque pronunció aquella frase de forma jocosa, en referencia a la noche de amor que pensaba pasar junto a su acompañante, sus palabras no pudieron ser más premonitorias.

Cuando el vehículo inició la marcha, el viento hizo batir en el aire la larga chalina que ella llevaba anudada a su cuello, haciendo que esta se enredara en la llanta de la rueda

[2] ¡Me voy a la gloria!

trasera del automóvil, lo que le provocó a la artista la muerte por estrangulación.

A la mañana siguiente, el 15 de septiembre del año 1927, el diario *The New York Times* publicó el siguiente obituario:

> El vehículo en el que falleció la bailarina Isadora Duncan circulaba a gran velocidad cuando la estola de seda que ceñía su cuello se enrolló alrededor de una rueda, arrastrando a la artista con una fuerza terrible, lo que provocó que saliera despedida por un costado del automóvil y se precipitase contra la calzada de adoquines.
>
> De este modo fue transportada varias decenas de metros antes de que el conductor, alertado por sus gritos, consiguiera detener el coche.
>
> Se solicitó auxilio médico, pero cuando una ambulancia logró personarse en el lugar del accidente, ella ya había fallecido, puesto que la muerte por estrangulamiento se produjo de forma casi instantánea.

4

Mi madre no tenía coche.

Tampoco carné de conducir.

Así que cuando decidió aceptar un empleo en una fábrica textil ubicada en una zona industrial de la ciudad en la que vivíamos, lo hizo sabiendo que para poder llegar a su puesto de trabajo cada mañana y regresar a casa cada tarde, necesitaría que mi padre la llevara y la recogiera todos los días laborables del año.

El día concreto en que mi madre desapareció fue uno de los más fríos de la última década. Había estado nevando buena parte de la mañana, así que cuando mi padre terminó su jornada y se montó en su viejo Ford Taunus para ir a buscarla comprobó que, como solía ocurrir siempre en semejantes condiciones atmosféricas, este no arrancaba.

Ponerlo en marcha le costó más que otras veces, mucho más, tanto que no consiguió llegar a tiempo a la puerta de la fábrica textil en la que trabajaba mi madre.

Durante los tres años y siete meses que llevaba contratada, ella nunca había abandonado su puesto puntualmente, por lo que mi padre decidió no darle ninguna importancia a su retraso y, bajando unos centímetros la ventanilla del conductor, lo justo para que pudiera escapar el humo del cigarrillo que acababa de encender sin que entrara demasiado aire del exterior, fumó pacientemente.

Catorce minutos y cuatro cigarrillos después comenzó a inquietarse.

Encendió un quinto pitillo y se dijo a sí mismo que si su mujer no estaba con él en el coche para cuando lo hubiera consumido, entraría a buscarla.

Y eso fue justo lo que hizo.

Apagó la colilla en el abarrotado cenicero del salpicadero y salió fuera.

Aunque había estacionado a una veintena de metros de la entrada principal, el cambio de temperatura le hizo subirse el cuello de la chaqueta de ante para el corto recorrido.

Abrió con la mano derecha la puerta metálica y lo primero que vio fue una nave diáfana repleta de máquinas de coser y planchas industriales vacías. Dentro solo quedaba una señora mayor, de unos cincuenta y cinco o sesenta años, que barría con cierto desdén los hilos y retales que se habían caído al suelo durante la jornada de trabajo.

Y fue justo en ese momento, en el preciso instante en que la señora se giró hacia él y le preguntó si podía ayudarle, cuando mi padre comprendió que algo había salido mal.

5

Por primera vez en los más de tres años y medio que mi madre llevaba trabajando en aquella empresa, abandonó su puesto de trabajo cuando el reloj marcaba las seis en punto.

Esperó frente a la puerta, pero mi padre, que hasta aquel día siempre había ido a recogerla puntualmente, se retrasó, por lo que ella decidió caminar unos metros hasta la parada de autobús más cercana con la intención de refugiarse del viento, que pasaba rozándole la piel como si de un afilado cuchillo se tratara.

Un automóvil se detuvo ante ella.

La puerta del conductor se abrió y, aunque era el mismo modelo que el coche de mi padre, coincidiendo también en el color, no fue él la persona que apareció. Un hombre de no más de treinta y cinco años, con el brazo izquierdo escayolado, se situó a su lado.

Parecía una escayola real, pero no lo era.

Le preguntó a mi madre, sin dejar de lucir una inmaculada sonrisa que dejaba a la vista una larga hilera de dientes blancos, si podría ayudarle a sacar una caja del maletero, puesto que él no podía realizar tal acción usando únicamente la mano derecha.

Ella dudó, estuvo a punto de negarse, pero el hecho de que el joven condujera un viejo Ford Taunus blanco, el mismo que conducía su marido, le inspiró cierta confianza, como si el fabricante realizara un examen psicológico previo a cada posible comprador.

Cuando, tras abrir la portezuela, comprobó que en lugar de una caja el único contenido del maletero era una gruesa soga trenzada, comprendió dos cosas: la primera, que el tipo que estaba de pie junto a ella, mirándola fijamente, sin dejar de sonreír, no le había dicho la verdad; la segunda, que confiar en alguien basándose únicamente en el modelo de coche que conduce es una decisión que encierra un elevado porcentaje de riesgo.

6

Los héroes y los dementes hacen más o menos las mismas cosas, la única diferencia radica en el punto de vista de la gente.

Hay acciones que el mundo ve como heroicas y otras que ve como estúpidas, pero si lo piensas bien, si te fijas detenidamente, son casi idénticas.

Hay una película, por ejemplo, en la que un tipo que ha perdido su empleo entra en su antiguo lugar de trabajo armado con una escopeta y apunta a todo el mundo y les dice que no piensa dejar que nadie salga de allí hasta que consiga recuperar su cargo; cargo que, por otra parte, era una auténtica mierda, porque era el vigilante de seguridad o algo por el estilo. El caso es que el tipo de la escopeta es un buen hombre que está pasando un mal momento personal y su trabajo, que no deja de ser un trabajo de mierda, es lo único que le queda. Además tiene un hijo enfermo al que tienen que operar; aunque de esto último no estoy muy seguro. Podría ser que el padre del niño moribundo fuera otro padre armado pidiendo su ración de comprensión en cualquier otro lugar de los Estados Unidos.

Total, que como el tipo de la escopeta nos recuerda a nuestro padre, o a nuestro vecino, o a nuestro panadero, nos acaba cayendo bien y terminamos pensando que su lucha es nuestra lucha y rezamos con todas nuestras fuerzas para que recupere su trabajo de mierda y todo vuelva a ser como antes y su hijo, o el hijo del otro padre armado, pueda ser operado y vuelva a jugar con él al baloncesto en la canasta del garaje los domingos por la tarde.

Pero si resulta que el único motivo por el que ha entrado en una oficina llena de gente inocente armado con una escopeta es mucho más banal ante nuestros ojos, algo así como que se ha cortado afeitándose y está tremendamente irritado por ello, pensamos que está loco, pensamos que está como una jodida regadera y que alguien en su sano juicio debería encerrarle en una habitación con las paredes acolchadas y lanzar las llaves al fondo del océano.

La chica más lista de clase se llamaba Laura.

Era rubia y tenía los ojos azules y los carrillos sonrosados, y estaba gorda, pero todos estábamos enamorados de ella porque era rubia y tenía los ojos azules y los carrillos sonrosados, y en el barrio en el que yo me crie no había demasiadas chicas de ese tipo. Había muchas niñas gordas, pero eran gordas normales.

Hay gente que desde que nace parece estar tocada por una varita mágica. Laura era una de esas personas. Era la chica más lista de toda la clase y cuando algún profesor elegía a un alumno para que vigilara el aula en su ausencia o para que recogiera los exámenes, el alumno elegido siempre era Laura. Era la más lista y todos los profesores lo sabían.

No es que tuviera una inteligencia extraordinaria; era lista, sin más, pero es que resulta que en el barrio en donde me crie tampoco había demasiada inteligencia repartida por los pupitres.

Gordos y gordas los había a patadas, pero la mayoría eran estúpidos.

También había otro chico que se llamaba Daniel y que hacía unos dibujos increíbles. Dibujaba cuerpos de humanos con cabezas de animales. Tenía todos sus cuadernos llenos de hombres fibrosos con cabeza de tigre o de rinoceronte.

Dibujaba historias completas, como pequeñas novelas gráficas, y después le cambiaba las viñetas a algún otro compañero por su desayuno.

Eran dibujos realmente buenos, tan reales que casi parecían fotografías en blanco y negro, pero el problema era que no sabía hacer otra cosa. No sabía dibujar a un hombre con cabeza de hombre ni a un elefante con cuerpo de elefante, así que en el segundo trimestre todos estábamos hartos de sus dibujos híbridos y mientras él se quedaba solo en el pupitre a la hora del recreo, el resto de alumnos salíamos al patio a comernos nuestro bocadillo.

Mi padre siempre me compraba un brick de zumo de melocotón para desayunar, por lo que cuando sonaba la campana y regresábamos a clase, me pasaba la última hora en silencio, porque después de tomarme aquel zumo el aliento me olía como si acabara de vomitar.

Laura solo estuvo un par de años en nuestro colegio, después se fue. Dijo que su padre, que era representante de cosméticos, había encontrado un buen empleo en otra ciudad y toda la familia se marchaba con él; pero yo creo que se fue porque en el fondo pensaba que era demasiado lista para nosotros. Supongo que estaba en lo cierto, no éramos más que un hatajo de imbéciles que nada interesante podían aportarle; pero lo que quizá no sabía era que fuera de los muros de nuestra escuela había un mundo lleno de niños listos para los que quizá ella era una niña demasiado gorda.

7

El secuestro duró más de tres días; concretamente, desde el instante en que el vehículo se detuvo frente a la parada de autobús hasta que el empleado de una estación de servicio encontró el cuerpo de mi madre, desnuda e inconsciente, en la cuneta de la carretera por la que circulaba todos los días para acceder a su puesto de trabajo, pasaron setenta y siete horas.

Durante años mi madre fue incapaz de referirse a aquellos días, en todo ese tiempo el único testimonio de lo que ella sufrió en su cautiverio fue el reflejado en el informe médico.

Mi madre fue violada en repetidas ocasiones; por los restos resecos de semen que fueron hallados en su abdomen y en su zona pélvica, se cree que al menos intervinieron tres hombres en la sodomización de su cuerpo.

La golpearon con la falsa escayola en el momento del secuestro, en el hueso occipital primero y en el hueso cigomático después; este fue el más dañado y le produjo una deformación de la apófisis frontal, lo que conllevó como secuela la pérdida parcial de visión en su ojo derecho de forma permanente e irreparable.

Fue también agredida violentamente durante el tiempo que estuvo secuestrada, lo que le provocó hematomas subcutáneos intramusculares y periósticos en diferentes zonas de su anatomía.

Sufrió diferentes esguinces de grado dos y tres en las muñecas y los tobillos, lo cual, junto con las marcas en sendas articulaciones, evidenció que la mayor parte del tiempo que pasó recluida lo hizo atada de pies y manos.

Se le extrajeron dos muelas y un diente, en concreto la pieza diecisiete de la zona maxilar superior derecha y las piezas veintitrés y veinticinco de la zona maxilar superior izquierda.

Aunque en un primer momento se barajó la posibilidad de que esto hubiera sido fruto de los continuos golpes que recibió en el rostro, la ortopantomografía que se le realizó posteriormente evidenció que las tres piezas fueron extraídas de la encía usando algún objeto con forma punzante, como unas tenazas o unos alicates.

Le fracturaron la rótula de la rodilla derecha y le causaron un desgarramiento del tendón del cuádriceps de la misma pierna. La primera de las dos lesiones se debió al impacto directo de un objeto metálico o de madera, mientras que la segunda se produjo al ser arrojada en marcha del vehículo en el que la condujeron junto a la gasolinera en la que fue encontrada.

En el interior de su recto fueron halladas cuatro astillas de madera carbonizada de cuatro, cinco, siete y once centímetros respectivamente. Estos materiales candentes le produjeron una fisura en la parte inferior de la línea dentada del ano.

Finalmente, le intentaron amputar dos de los dedos, el anular de la mano derecha y el meñique del pie izquierdo, aunque solo lograron su objetivo con este último.

La policía encontró la falange a unos doscientos metros de distancia del lugar en el que apareció el cuerpo de mi madre. Se cree que sus raptores la arrojaron por una de las ventanillas tras darse a la fuga.

Eso es todo cuanto recuerdo, pero había más cosas escritas en aquel informe, infinidad de cosas. No fui capaz de entender lo que significaban algunas de ellas, a pesar de leer concienzudamente su descripción varias veces.

La forma en que los médicos narraban las diferentes torturas que mi madre tuvo que soportar era distinta a la que yo he utilizado aquí para describirlas.

Su texto era más frío.

Más técnico.

Menos doloroso.

8

De mi hermano casi nunca hablo porque no le gusta nada que hablen de él y porque casi no le conozco, aunque lo cierto es que este segundo motivo es mucho menos trascendental que el primero, porque aunque le conociera mejor de lo que conozco a ninguna otra persona tampoco hablaría de él, ya que detesta que la gente vaya por ahí contando sus intimidades.

Mi hermano se fue de casa y nunca más volvió. El día que se marchó, mi padre le dijo que si salía por la puerta lo hiciera para no volver. Y eso fue justo lo que hizo.

Puede que Santa Claus tenga un traje rojo y un buen puñado de renos voladores y un trineo gigante lleno de regalos, pero eso no significa que disfrute con su trabajo.

Mi hermano tenía aquella frase pegada sobre la cabecera de su cama y cuando se fue lo único que quedó de él fueron aquellas palabras en la pared.

Mi hermano siempre decía que el problema de mi padre era que se tomaba la vida demasiado en serio; mi padre, por su parte, pensaba que el mayor problema de mi hermano era que se tomaba las cosas a la ligera.

Los dos llevaban razón a su manera.

Mi hermano tenía una chaqueta de cuero que le había robado a un tipo en un concierto de *rock* y aquella chaqueta era para él tan importante como lo son un par de alas para una gaviota.

Nunca, ni antes ni después, volvió a quitarle nada a nadie, no es de esas personas que se colocan debajo de las atracciones de la feria esperando que en uno de los giros a un chico despistado se le caiga la cartera. Pero es que desde el momento en que vio aquella chaqueta supo que debería ser para él. Como cuando vas por la calle y de repente te cruzas con una chica y sabes que tienes un par de segundos para decir algo ocurrente y conseguir captar su atención o, de lo contrario, seguirá caminando y perderás la única ocasión posible de conocerla.

El día que vino a visitar a mi madre llevaba puesta esa chaqueta. Estaba desgastada en el cuello y en los codos. Parecía otra chaqueta distinta. Mi hermano también parecía otra persona distinta. Supongo que a él nosotros también le parecimos una familia distinta a la que tuvo años atrás.

Solo la visitó una vez y no estuvo en su habitación más de diez minutos.

Mi padre estaba sentado en una silla de plástico junto a la cabecera de la cama en la que se encontraba mi madre. No se levantó para saludarle.

—Pareces cansado —le dijo mi madre nada más verle entrar, como si en lugar de ser ella la que estuviera ingresada fuera él la persona convaleciente y ella la que le estuviera realizando la visita.

Él no hizo ninguna pregunta sobre el secuestro y mi madre no le hizo ninguna sobre su vida.

No se quitó la chaqueta.

Ni siquiera sacó las manos de los bolsillos en todo el tiempo que permaneció de pie frente a nosotros.

Cuando recorrió en sentido inverso el camino hacia la puerta por la que había entrado momentos antes, todos supimos que después de aquel día no le volveríamos a ver.

—Lo siento —musitó al abandonar la habitación.

Y, cuando se hubo marchado, los tres nos quedamos dentro sin tener muy claro si nos pedía perdón a nosotros o simplemente lamentaba lo que le había ocurrido a mi madre.

9

La primera mascota que tuvimos en casa fue un hámster. Yo quería un perro, se lo había dicho a mis padres medio centenar de veces, pero ellos pensaban que aún no estaba preparado para hacerme cargo de un animal de tales dimensiones, así que supongo que la mejor manera que encontraron de ponerme a prueba fue responsabilizándome de los cuidados y mantenimiento de un pequeño ratón.

Era bonito.

Todo lo bonito que puede ser un roedor que comparte su familia genética con una rata.

Tenía el pelo suave, de color marrón, y los ojos negros.

La sensación que producía acariciarle era agradable, el problema radicaba en que cada vez que intentaba cogerle me mordía con sus afilados dientes. En el fondo no puedo culparle, supongo que yo también hubiera intentado defenderme al ver abalanzarse sobre mí una mano de gigantescas proporciones.

El mejor momento para observarle era cuando estaba comiendo, porque al hacerlo agarraba el alimento que iba a masticar, ya fuera una pipa de girasol o un trozo de manzana, con sus dos pequeñas patitas delanteras y lo roía rápidamente haciéndolo girar sin parar entre sus manos.

El resto del tiempo no hacía gran cosa. Dormía y daba vueltas como un poseso en una rueda blanca de plástico, como si creyera que estaba en un gimnasio o como si se tratara de un trabajo y confiara en que le fueran a remunerar su inagotable esfuerzo.

Algunas veces, tras detenerse, se bajaba exhausto y se quedaba un instante mirando desconcertado a su alrededor. Cuando lo hacía, me gustaba pensar que en cierta manera, después de haber pasado un largo tiempo haciendo girar aquella rueda blanca de plástico tan rápido como sus pequeñas patas le permitían, se decepcionaba al mirar a su alrededor y comprobar que seguía en el mismo lugar en el que se encontraba al comenzar su travesía, que a pesar del esfuerzo realizado no había conseguido avanzar ni unos escasos centímetros.

Murió la semana que transcurre entre Navidad y Año Nuevo.

No recuerdo el día exacto.

Tal vez fuera el día 26, o quizá el 27, no lo tengo claro.

El caso es que cada mañana me despertaba el traqueteo de sus patas moviéndose a toda velocidad, como si fuera el tictac de un alocado reloj cuyas manecillas giraran treinta o cuarenta veces más rápido de lo habitual.

Aquella mañana, la mañana posterior a la noche en que falleció, no lo hizo.

Cuando me desperté lo encontré acurrucado en una de las esquinas de su jaula, con el cuerpo enrollado formando un pequeño ovillo de lana marrón. Daba la impresión de que hubiera pasado frío y eso le hubiera llevado a buscar el lugar más recóndito y caluroso de su refugio.

Al menos eso fue lo que yo pensé al verle; pero cuando algo más de una hora después regresé a la habitación y pude comprobar que continuaba en la misma posición, que ni siquiera se había movido unos escasos centímetros, le miré detenidamente con la misma cara de desconcierto con la que él solía mirar a su alrededor cuando era el resto del mundo el que no se había movido en absoluto.

Puede parecer extraño, pero lo que más me dolió de su pérdida fue que nunca le puse un nombre. Lo intenté y estuve a punto de hacerlo, pero finalmente no lo hice y ni siquiera hoy he logrado dilucidar el motivo.

Cuando mis padres me lo entregaron, dentro de una caja de cartón cuyas paredes habían sido recubiertas de algodón blanco, mi madre me preguntó por el nombre que deseaba ponerle.

Pasé varios días pensando uno apropiado. Quería que fuese ocurrente, anhelaba encontrar un nombre que no poseyera ningún otro hámster; lo que deseaba realmente era buscarle un nombre que ningún otro animal del mundo tuviera.

Decidí que, para lograrlo, previamente debería hacer una selección inicial, por lo que invertí el dinero de mi paga semanal en comprar un cuaderno de hojas cuadriculadas y en él fui anotando un nombre tras otro hasta disponer de una lista de opciones de considerable longitud.

Pasé varios días enteros volcado en el asunto, todo el tiempo estaba intentando encontrar un nombre que fuera más original que el anterior.

Me sentaba en el sofá del salón delante de la televisión encendida y en lugar de visionar algún programa, mi imaginación volaba por la habitación en busca de esa palabra que nadie antes hubiera pronunciado. Cuando la encontraba, corría a mi cuarto, sacaba el cuaderno de hojas cuadriculadas del cajón de mi escritorio y la anotaba.

Con el paso de las semanas el asunto fue perdiendo interés para mí. Pasé de escribir siete u ocho nombres al día a no apuntar más que un par de ellos. Hasta que de repente, sin saber muy bien cómo, llegué a tal punto que no solo dejé de hacer anotaciones en mi cuaderno, sino que ni siquiera consideré interesante decantarme por uno de los nombres de la lista.

No volví a pensar en ello hasta la mañana en que le descubrí acurrucado en una de las esquinas de su jaula, como si de un pequeño ovillo de lana marrón se tratase.

—Nunca llegaste a decirnos el nombre que le pusiste —me dijo mi padre un instante antes de salir de mi habitación, sosteniendo la jaula que contenía los restos del hámster en sus manos.

Y fue entonces cuando comprendí que aquel inocente animal había muerto sin tener un nombre con el que ser recordado. Comprendí que aunque yo no fuera responsable de su muerte, sí que lo era de que nadie pudiera recordarlo llamándole por su nombre, puesto que no había ninguno con el que identificarle. Y comprendí, en definitiva, la enorme diferencia que existe entre conocer o no el nombre de cualquier ser vivo.

10

Mi madre no sabía nada del hombre que la secuestró. Ningún indicio que pudiera identificarle. Fue golpeada hasta que perdió el conocimiento y cuando lo recuperó se encontraba en el sótano de una casa.

Un sótano oscuro y húmedo.

Un sótano cuya única decoración la componían una mesa de madera y cuatro sillas.

Un sótano en el que no había nada, ni una sola pista que pudiera darle algún tipo de información sobre el hombre que allí la retenía.

Todo lo que sabía de él era un nombre.

Un nombre falso.

Un nombre que él mismo se había puesto.

Un nombre que se inventó cuando bajó del coche y le pidió ayuda a mi madre.

Se detuvo frente a ella, alzó su brazo izquierdo para mostrarle la escayola que le dificultaba la movilidad y el pañuelo anudado a su cuello con el que lograba mantener el brazo en cabestrillo, y le pidió ayuda.

Antes de abrir el maletero, unos pocos segundos antes de

que mi madre descubriera la trampa en la que había caído, él le dijo su nombre. Le dijo en realidad un nombre cualquiera que nada tenía que ver con él.

—Me llamo Javier. Gracias por ayudarme, ¿cuál es tu nombre?

Mi madre vio la soga mientras respondía:

—Clara.

Y antes de terminar de pronunciar la última supo que no tenía que haber dicho nada.

Solían recostar el torso de su cuerpo desnudo sobre la mesa de madera, apartando a un lado las sillas, y la violaban de esa forma, de espaldas a ellos, agarrando violentamente su cintura y sus pechos desnudos con las manos.

Lo hacían así para evitar ver el rostro de mi madre.

Lo hacían así porque a pesar de la barbarie que estaban realizando sin pudor, les desagradaba ver sus ojos inundados en lágrimas.

En esa posición, con la frente clavada sobre la madera de la mesa en la que estaba recostada, mi madre no podía ver a la persona que se encontraba a su espalda.

Ella prefería que fuera de ese modo. Cuando esto ocurría cerraba los ojos e intentaba evadirse del húmedo y oscuro sótano en el que la tenían retenida. Pensaba en mí y en mi padre, en lo que haríamos el próximo fin de semana, o intentaba recordar la última película que habíamos visto en el cine los tres juntos.

Algunas veces lo lograba, conseguía evadir su mente de su cuerpo torturado y por unos instantes volvía a ser libre.

Lo lograba hasta que le tocaba el turno a Javier. Cuando él se recostaba sobre ella, lo hacía acercando sus labios a su larga melena rizada y le susurraba unas palabras que atravesaban su cabello hasta llegar nítidas a sus oídos.

—Clara —gemía él mientras eyaculaba.

Y era entonces cuando mi madre volvía a estar presa de su propio cuerpo, y de nuevo sentía en sus entrañas todo el dolor que le estaban produciendo.

11

Durante todo el tiempo que mi madre pasó en el hospital hice algunas cosas extrañas. Nada del otro mundo, no atraqué un supermercado, ni prendí fuego a ningún coche, ni nada por el estilo; pero por algún extraño motivo me costaba mantener la rutina, del mismo modo en que le cuesta ir a orinar sin pedir permiso a un hombre que ha pasado los últimos cuarenta años de su vida encerrado en una cárcel.

La primera cosa extraña que hice fue levantarme de madrugada y encender la televisión. El cuarto en el que dormía mi padre se encontraba al final del pasillo, por lo que si quitaba el sonido él no se enteraba.

Veía películas enteras sin escucharlas, películas en las que durante todo su metraje aparecía en la parte superior izquierda un altavoz verde tachado.

Haciéndolo de esta forma me veía obligado a inventarme los diálogos sobre la marcha, por lo que la trama real del film nunca encajaba del todo con las conversaciones que yo ideaba.

En la pantalla una despiadada pareja de asesinos a sueldo recorría las carreteras secundarias de Estados Unidos con sendas escopetas de cañones recortados en el maletero de un coche robado, matando a todas las personas que se cruzaban en su camino y, mientras tanto, cada vez que movían los labios yo les hacía hablar como si de una historia de amor se tratara.

A mi profesor de química le molestaba que yo me quedara dormido constantemente mientras él caminaba de un lado a otro por el aula, intentando convencernos de las múltiples bondades de la tabla periódica y explicándonos las diferencias entre el sodio y el radio. Cuando esto ocurría yo intentaba explicarle que él no tenía la culpa de lo que pasaba, que el problema sencillamente radicaba en que su clase siempre era la primera del día, pero a él no parecía importarle un carajo todo lo que yo tuviera que contarle.

Y es que mi profesor de química era una de esas personas que parecen odiar a todo el mundo y que se pasan la vida con las manos dentro de los bolsillos de sus pantalones, como si temieran sacarlas de ahí y correr el riesgo de tocar accidentalmente a otro ser humano, como si estuvieran convencidos de que un contagioso virus hubiera infectado a toda la población mundial y solo ellos permanecieran a salvo gracias a su desprecio por el prójimo.

Luego estaba la profesora de matemáticas, que tenía unas gafas de concha enormes para que pudieran caberle dentro de sus gruesos cristales todos los números que intentaba hacernos memorizar.

Me había odiado durante todo el primer trimestre, pero cuando supo que un tipo con una escayola falsa había secuestrado a mi madre durante más de tres días y que la había violado y torturado en repetidas ocasiones con la ayuda de varios amigos se volvió amable y comprensiva conmigo y, de repente, dejó de pensar que fracasaría en la vida y que ni siquiera conseguiría un empleo como estibador por no ser capaz de averiguar la raíz cuadrada de ciento cuarenta y siete sin usar una calculadora.

Yo les odiaba.

Les odiaba con todas mis fuerzas pero no podía decírselo, porque mi padre me había pedido que me comportara como un adulto para que mi madre se sintiera orgullosa de mí cuando abandonara el hospital. Así que yo, que nunca antes había sido adulto, me intentaba comportar de la forma en la que consideraba que ellos lo hacían y me sentaba cada mañana tras mi pupitre y escuchaba las protestas de mi profesor de química por mi constante falta de interés y las palabras de consuelo de mi profesora de matemáticas, sonriéndoles todo el tiempo, mostrándoles mis inmaculados dientes blancos, del mismo modo en que lo hizo el hombre que secuestró a mi madre un momento antes de golpearla con su escayola falsa en el cráneo.

Una mañana no pude aguantar más y me escapé del colegio. Lo hice durante el descanso de cinco minutos que se producía entre dos clases. Guardé todas las pertenencias que acumulaba en la cajonera dentro mi mochila y me marché de allí con el firme propósito de no regresar nunca.

Aquella fuga fue la segunda cosa extraña que hice durante el tiempo que mi madre pasó ingresada. Aunque esta, al contrario que la de levantarme a ver la televisión cada noche, únicamente la llevé a cabo una vez.

No tenía demasiado claro el lugar al que quería ir, lo

único que sabía era que necesitaba alejarme de todo cuanto me rodeaba. Sentía como si el asfalto que había bajo mis zapatillas estuviera ardiendo y el fuego fuera a atravesar las suelas de un momento a otro.

Pensé que la única forma de escapar de él era correr tan rápido como pudiera.

Y eso fue justo lo que hice.

Escapé de todo cuanto me rodeaba subiendo una cuesta tras otra. Creía que haciéndolo de esta manera, a cada paso que diera me encontraría un poco más cerca del cielo y un poco más lejos del suelo abrasador que ardía bajo mis pies.

Cuando llegaba a lo alto de una calle miraba a mi alrededor hasta localizar la siguiente cuesta a la que pudiera encaramarme.

Recorrí una tras otra sin descanso hasta que perdí el sentido de la orientación. Y entonces, estando completamente perdido, me senté sobre el asfalto, que había vuelto a recuperar su temperatura habitual, y rompí a llorar como el niño de once años que era.

Mi padre vino a recogerme al despacho del director horas después.

El director del centro en el que estudiaba era un hombre de estatura indefinida al que ningún niño había visto de pie nunca. Siempre estaba sentado tras una montaña de papeles, con unas pequeñas gafas de lectura apoyadas en el caballete de su nariz, rellenando formularios con un lapicero al que constantemente sacaba punta.

Cada vez que uno de nosotros nos saltábamos alguna de las normas del centro, nuestro tutor nos agarraba de la mano y nos llevaba hasta allí y nos sentaba frente a él.

Nunca se levantaba para recibirnos, continuaba trabajando durante varios minutos y después, tras dejar sus gafas metálicas sobre el escritorio, alzaba la mirada despacio para observarnos y nos preguntaba el motivo por el que nuestro profesor nos había llevado a verle.

Aquel día no hizo nada de eso, no me miró ni pronunció una sola palabra hasta que mi padre cruzó la puerta de su despacho. Entonces se puso de pie y le estrechó la mano.

Era un hombre normal.

Un hombre con una estatura como la de cualquier otro.

Una estatura como la que podría tener otra persona cualquiera aunque no dirigiese un centro docente.

Mi padre estaba nervioso. Le sudaban las manos y movía las piernas sobre las puntas de sus zapatos. Le habían avisado de mi fuga mientras se encontraba en el hospital visitando a mi madre y había salido corriendo de allí para venir a recogerme.

—Sabemos por lo que está pasando su familia —dijo el director con su voz ahuecada, que retumbó por toda la habitación como si se tratara de una cacofonía—, pero debe entender que se trata de una falta grave, muy grave —recalcó.

Durante un instante cerré los ojos confiando en que cuando los volviera a abrir me encontraría en cualquier otro lugar; pero no fue así.

—Quizá sería conveniente que un especialista tratara a su hijo —continuó diciendo el director—, es lo mejor para evitar traumas en el futuro —concluyó.

Mi padre se sentó en el asiento del conductor y yo hice lo propio en el del copiloto. Cerramos las puertas y en ese momento el interior del viejo Ford Taunus me pareció el lugar más frío y silencioso del mundo.

—¿Eso es lo que quieres? —me preguntó finalmente mi padre.

Lo hizo sin apartar la vista de la luna delantera del vehículo, agarrando con sus manos el volante, formando con ellas un reloj que marcaba las diez menos diez.

—¿Quieres ir a ver a un psicólogo? —volvió a preguntarme.

Después separó la mano derecha y golpeó con su palma violentamente el volante que un instante antes agarraba entre sus dedos.

Una vez.

Dos veces.

Tres veces.

Lo hizo hasta en cuatro ocasiones consecutivas antes de continuar hablando.

—¿Eso es lo que quieres? —me preguntó por tercera vez.

—Yo no estoy loco —dije.

Eso fue todo cuanto se me ocurrió responder.

—¿Por qué lo has hecho? —preguntó.

—¿El qué? —respondí.

—Escaparte del colegio —dijo.

—No lo sé —dije yo.

—Te encontraron a más de tres kilómetros de distancia, eso lo sabes, ¿verdad?

—Sí, lo sé —respondí.

—¿Y por qué fuiste tan lejos?

—No lo sé —volví a decir.

—¿Dónde querías ir?

—Quería alcanzar el punto más alto de la ciudad —contesté.

—¿Y por qué querías hacer eso? —me preguntó.

—Porque pensé que estando allí arriba sería el primero en ver llegar el fin del mundo.

12

La primera vez que vi el mar fue en un mapa de carreteras. Mi padre había marcado con un rotulador rojo la autopista por la que teníamos que circular para llegar a nuestro destino, y si seguías la marca del rotulador con el dedo índice por todo el mapa, al final se veía un manchurrón azul enorme.

El manchurrón era la playa y la marca roja, la nacional tres.

Luego llegamos hasta allí, nos sentamos en la orilla y resultó que el mar no se parecía demasiado al dibujo del mapa, pero las cosas suelen ser así, te creas una imagen de algo y luego no es como esperabas, no se trata de que sea mejor o peor, simplemente es distinto.

El caso es que mis padres alquilaron un apartamento junto a la playa y nos fuimos una semana entera de vacaciones.

El segundo día nos quedamos sin agua y ya no volvimos a recuperarla en toda la semana. Había obras en el edificio y se produjo un corte en todo el bloque, así que teníamos que bañarnos en las duchas de la playa. Al principio era divertido, a mi hermano y a mí nos hacía gracia ver la cara que ponía la gente cuando nos veían llegar con nuestro bañador y nuestra botella de gel debajo del brazo. Pero luego dejó de ser divertido y se convirtió en una enorme molestia. Me daba cien patadas en el estómago tener que ducharme en público.

Lo único bueno de aquella semana es que en el salón del apartamento había un televisor enorme, un reproductor VHS y un millón y medio de películas. No eran originales, estaban grabadas de la televisión y tenían cortes publicitarios, pero podían saltarse avanzando deprisa.

En las películas la gente siempre muere con los ojos abiertos, como si la negra señora les hubiera pillado por sorpresa mientras contaban estrellas. Cuando esto ocurre, aparece el héroe de la cinta para cerrar los ojos de la víctima con delicadeza, usando sus dedos pulgar e índice.

En la vida real no hay demasiados héroes, así que ya te puedes asegurar de cerrar bien los ojos cuando veas la bala acercándose a tu cabeza.

La primera vez que fui al cine vi *Rocky*. Creo que la cuarta. Esa en la que se va a la antigua Unión Soviética a entrenar rodeado de nieve y corta troncos con un hacha y escala montañas y hace un montón de cosas que funcionan muy bien visualmente, pero que no creo que tengan el menor valor como técnica de entrenamiento para disputar un combate.

También vi, mucho tiempo después, una película en la que Kurt Russell viaja junto a su mujer por una de esas carreteras desoladas que cruzan de una punta a otra Estados Unidos y tienen una avería en su coche y detienen a un camionero para que les ayude; y al principio el camionero parece un buen tipo y se lleva a su mujer hasta el pueblo más cercano para pedir ayuda, pero al final resulta que es un auténtico hijo de puta cuya única intención es secuestrar a la pobre chica para hacer con ella algo horrible, aunque lo cierto es que ahora no recuerdo demasiado bien el qué[3].

El caso es que Russell se pasa las dos horas que dura el film buscándola sin descanso y acaba exhausto, porque es como si todo el maldito pueblo formara parte del secuestro; como si todas las calles, las casas, los establecimientos fueran un enorme decorado y sus habitantes, una compañía teatral.

Al final la encuentra y además los mata a todos, o a casi todos.

Esa parte, al verla, no me pareció demasiado real, pero después de todo lo que le ocurrió a mi madre comencé a pensar que su forma de actuar, matarlos a todos uno a uno a sangre fría, era lo menos que podía hacer por ella.

También vi en el cine *Jurassic Park*. Todo el mundo la vio. A la salida había un tipo que vendía unas pelotas anaranjadas que parecían tener un insecto dentro. Eran exactamente iguales a los extractos de ámbar que aparecen en la película. No había ni una sola persona que acabara de salir de la sesión que no quisiera hacerse con una. Había alrededor de un centenar de personas junto a aquel hombre y la pequeña mesa plegable que usaba como mostrador.

Un par de semanas después apareció el tipo en las noticias del fin de semana. Decía que había asistido al estreno y que nada más terminar la proyección tuvo la idea.

[3] La película a la que se hace referencia es *Breakdown*, escrita y dirigida por Jonathan Mostow y estrenada en el año 1997.

El invento era sencillo: compraba insectos secos, después calentaba agua con azúcar a fuego lento y por último hacía con sus propias manos bolas de caramelo introduciendo un mosquito en cada una de ellas.

No paraba de sonreír mientras la presentadora le hacía preguntas. Decía que llevaba media vida trabajando de contable y que había ganado más dinero en un par de semanas vendiendo golosinas de garrapata que en diez años revisando facturas.

La película estuvo unos dos meses en cartel. Luego desapareció y aquel tipo y sus supuestos mosquitos conservados en ámbar se fueron al carajo. Pero eso es lo de menos, lo realmente trascendental es conseguir, aunque sea durante un breve periodo de tiempo, sentirte la persona más poderosa y afortunada del planeta. El resto de los días de tu vida sencillamente están ahí para que puedas recordarlo.

13

Hay quien asegura que el tiempo por el que nos regimos, el tiempo que controlamos con relojes y calendarios, no tiene una duración determinada, pese a que constantemente nos empeñemos en limitarlo. Hay quien asegura que su duración puede verse condicionada por diferentes factores y que, en concreto, la intensidad con la que el ser humano vive cada uno de los momentos que forman parte de su vida es quizá el más influyente de todos.

Para una persona que está sentada junto al teléfono, aguardando impaciente que el aparato comience a sonar, o para quienes se encuentran en la sala de espera de un hospital, mirando constantemente hacia la puerta del quirófano, confiando en que de un momento a otro aparezca un doctor vestido de verde para transmitirles el resultado de la operación que le han realizado a un familiar, el tiempo real, el tiempo que marcan los relojes con los que adornan sus muñecas parece transcurrir mucho más despacio de lo habitual, como si las agujas marcaran el paso de los segundos a la dilatada velocidad a la que caen esas gotas que se quedan colgando en los marcos de las ventanas después de una tormenta; esas gotas que parece que vayan a precipitarse al vacío en cualquier momento, pero que se deforman agónicamente antes de desprenderse del aluminio.

En cambio, para los hinchas de un equipo de fútbol que pierde por un único gol de diferencia en la final de un torneo, el tiempo que transcurre hasta que el árbitro hace sonar su silbato indicando el final del encuentro parece esfumarse del mismo modo en que lo hace la arena del desierto entre los dedos de las manos cuando intentas retenerla.

Hay quien asegura, además, que la percepción que tenemos del paso del tiempo suele ir acorde al momento concreto de madurez en el que nos encontramos.

John Wearden, profesor de la Universidad de Keele, en el Reino Unido, ha pasado más de treinta años estudiando la velocidad a la que corre el tiempo para los seres vivos, y la conclusión a la que ha llegado tras su análisis, basado en miles de entrevistas personalizadas, demuestra que dos personas de una misma generación, no teniendo nada en común y viviendo a cientos de kilómetros de distancia, sin conocerse siquiera, si tienen una vida similar en cuanto a su situación social, salud y responsabilidades, tendrán también una percepción idéntica del paso del tiempo.

Sus estudios demuestran que cuando llegamos a la última etapa de nuestra vida, al ciclo final de la madurez, consideramos que los meses y los años pasan más deprisa que en nuestra juventud, que al llegar nuestro periplo vital a su fin nos cuesta mucho más controlar el paso del tiempo.

En cambio, al abordar esa misma edad en que las responsabilidades suelen ser menores, en que nuestra actividad física y mental puede verse considerablemente reducida, tendemos a pensar que los días se alargan y percibimos que su duración parece estar compuesta por más de veinticuatro horas.

Esta compleja situación lleva a insinuar una curiosa y contradictoria paradoja, y es que el ser humano, al llegar a su vejez, considera que los segundos y los minutos duran más tiempo de lo habitual, pero en cambio los meses y los años transcurren a mayor velocidad.

Hudson Hoagland nació en Rockaway, Nueva Jersey. Estudió en la Universidad de Columbia, donde se graduó en 1921, y en 1927 completó su formación doctorándose en Biología en la Universidad de Harvard.

Desarrolló gran parte de su trabajo en la neuroendocrinología y realizó diferentes estudios sobre la esquizofrenia y sobre el proceso neurológico por el cual el cerebro asimila los mensajes enviados por el cuerpo.

En 1944 se embarcó, junto al doctor Gregory Goodwin Pincus, en su proyecto más ambicioso, la creación de la Fundación Worcester de biología experimental, ubicada en Shrewsbury, Massachusetts.

A pesar de la dilatada trayectoria de Hoagland en los diferentes cargos que ocupó, fue un pequeño experimento, realizado de forma precaria en su propio domicilio, el que le haría pasar a la posteridad.

Su esposa, Anna Plummer Hoagland, enfermó de manera repentina y lo que parecía un simple virus al que no había que darle ninguna importancia se convirtió en un largo proceso de convalecencia que llevó al doctor a solicitar una excedencia temporal de su puesto de trabajo para poder atender a su mujer, cuya elevada temperatura corporal la llevaba a un estado continuo de delirio.

Durante todo este tiempo, intentó separarse lo menos posible de ella, que siempre requería su presencia, y únicamente la dejaba sola cuando tenía que acudir a la farmacia a comprar los calmantes que necesitaba para poder paliar sus dolores. Cuando esto ocurría, aunque él intentaba realizar tal acción a la mayor velocidad posible, atravesando las avenidas a grandes zancadas, al regresar a casa su esposa siempre le recriminaba el largo tiempo que había estado fuera, pese a que su ausencia no hubiera durado más que unos pocos minutos.

Estas afirmaciones sobre la percepción que su mujer tenía del paso del tiempo llevaron a Hoagland a una reflexión que hasta ese momento nadie antes había realizado.

Aunque a lo largo de los años los seres humanos habían aprendido a medir el tiempo condensándolo en relojes y calendarios, lo que nadie se había parado a pensar hasta entonces era que quizá el tiempo, a pesar de estar controlado por minutos y horas, no tuviera una duración determinada.

O dicho de otra forma: sobre lo que hasta aquel instante nadie había investigado era que quizá la cantidad de segundos que caben dentro de un mismo minuto puede variar constantemente en función de las circunstancias personales de cada individuo.

Para intentar demostrar y dar veracidad a su teoría, ideó un sencillo plan; a la mañana siguiente, tras despertarse, le pidió a su mujer que contara mentalmente hasta sesenta, un minuto completo, y que cuando lo hubiera hecho levantara una de sus manos.

Él se sentó a los pies de la cama y la cronometró usando su reloj de bolsillo.

Cuando solamente habían transcurrido treinta y siete segundos ella levantó la mano derecha.

Siguieron realizando la misma rutina día tras día hasta que estuvo recuperada por completo. Fue entonces cuando, tras revisar los resultados de su improvisado estudio, Hoagland descubrió que durante todo el tiempo que persistió la fiebre para ella un minuto siempre duraba menos de cuarenta segundos de tiempo real; en cambio, según iba mejorando su estado, la duración se fue dilatando hasta que los sesenta segundos que contaba transcurrían a la misma velocidad que los del reloj de bolsillo de su marido.

Por este motivo, durante su enfermedad ella le recriminaba constantemente los largos periodos de tiempo que pasaba fuera de casa, ya que aunque no estuviera más de seis o siete minutos ausente, bajo su percepción era como si él la hubiera abandonado durante más de un cuarto de hora.

Las anotaciones que él transcribió a mano en una libreta a lo largo de aquellas semanas se convirtieron posteriormente en el germen sobre el que se desarrolló el principio comúnmente conocido como «reloj interno», sobre el que se han basado infinidad de estudios a lo largo de los años, que han servido para avanzar notoriamente en los conocimientos que la ciencia tiene en la actualidad sobre la forma en que el ser humano percibe el paso del tiempo.

14

Antes de recibir el alta hospitalaria, un agente de policía fue a visitar a mi madre a la habitación en la que se recuperaba de sus heridas.

Era un tipo alto, calvo y con un frondoso bigote sobre el labio superior. Llevaba unas gafas de sol con cristal en forma de pera, que se quitó y guardó en el bolsillo de su camisa tras atravesar el umbral de la puerta.

No se parecía en nada a los policías que aparecen en las películas. No tenía una pistola encajada en el cinturón de cuero de su pantalón vaquero, tampoco una de esas fundas que se llevan sobre los hombros como si fueran un par de tirantes. Ni siquiera enseñó una de esas placas doradas que siempre muestran al entrar en un bar o en una vivienda particular.

Lo único que él traía consigo era una ridícula carpeta azul que se cerraba con dos gomas, una carpeta azul idéntica a las que llevan las niñas en la escuela forradas con las fotografías de sus cantantes favoritos.

Durante todas las visitas anteriores, mi padre, mi madre y yo habíamos mantenido infinidad de conversaciones banales que versaban sobre temas tan dispares como el próximo viaje que realizaríamos los tres juntos cuando ella se hubiera recuperado, la calidad de la comida del hospital, los programas de televisión que mi madre veía antes de dormirse tras quedarse sola en la habitación, o el contenido de alguno de los reportajes de las múltiples revistas que le llevábamos cada día al ir a verla.

Pero nunca, hasta aquel momento, hasta que un policía alto, calvo y con un frondoso bigote sobre el labio superior entró en la habitación con sus gafas de sol con cristal en forma de pera y su carpeta azul que se cerraba con dos gomas, habíamos hablado de los tres días que mi madre pasó recluida.

Durante unos segundos no habló nadie y el oxígeno se volvió tan denso que parecía que pudiéramos tocarlo con nuestros propios dedos.

Mi madre alzó la vista y nos miró fijamente.

—¿Pueden quedarse ellos aquí mientras hablamos? —le preguntó al agente, refiriéndose a nosotros, casi en tono de súplica.

Él asintió con la cabeza mientras se sentaba junto a ella en una silla blanca de plástico situada al lado de la cabecera de la cama.

—La investigación ya ha comenzado —dijo con la mirada fija en su carpeta azul que se cerraba con dos gomas—. Creemos que lo mejor es que hasta que no se encuentre completamente recuperada no acuda a comisaría, donde le tomaremos una declaración detallada de lo ocurrido.

Mi madre le miraba fijamente y asentía constantemente

con la cabeza, aunque hasta aquel momento nadie había realizado ninguna pregunta.

—Voy a mostrarle varias fotografías de algunos delincuentes sexuales que tenemos registrados en nuestra base de datos —continuó diciendo—, por si pudiera identificar a alguno de ellos mientras mantenemos una breve conversación. ¿De acuerdo? ¿Está preparada?

Mi madre nuevamente balanceó su barbilla dibujando un movimiento afirmativo con ella, aunque no tengo muy claro si lo hizo a modo de respuesta, ya que no había parado de realizar la misma acción desde el momento en que él había comenzado a hablar.

—¿Sabe el tiempo que pasó encerrada? —preguntó él.

Y ella, a modo de respuesta, se giró hacia el lugar en el que nosotros nos encontrábamos. Creo que en aquel momento, por primera vez, todos lamentamos que durante las semanas que ella llevaba ingresada no hubiéramos hecho ni una sola referencia a su secuestro.

—No lo sé —respondió—. Una semana, quizá diez días —concluyó.

—Clara —dijo el agente de policía llamando a mi madre por su nombre de pila—, fueron tres días. El tiempo que pasó recluida fueron algo más de setenta y cinco horas.

—No puede ser —respondió ella.

Y después dibujó en su rostro una extraña mueca, como una especie de sonrisa helada.

Por último, se tapó la cara con las palmas de ambas manos y lloró durante un rato largo, como si en lugar de alegrarse porque el tiempo que hubiera pasado encerrada hubiese sido menor del que ella imaginaba, sintiera que la noticia era desalentadora, como si no fuera posible que el indescriptible dolor por el que había pasado pudiera caber en un periodo de tiempo tan breve como algo más de setenta y cinco horas.

15

Cuando en el colegio un profesor me pedía ubicar Senegal o Nicaragua o Camerún en un mapamundi que no mostraba ningún tipo de información más que unas rayas que parecían dividir los países y los océanos en porciones equitativas, yo dibujaba una cruz en un lugar cualquiera y después le pedía a Dios que se pusiera de mi lado.

Alguna vez aislada parecía que me escuchaba y la franja de tierra que yo había marcado aleatoriamente coincidía con el país que me habían pedido localizar. Pero la mayoría de las veces no era así; y aunque me dieran una segunda oportunidad para intentarlo de nuevo, incluso una tercera, siempre acababa señalando Siria como Turquía o Islandia como Noruega o algo por el estilo.

Después llegó la guerra de los Balcanes y el este de Europa comenzó a dividirse en decenas de países independientes, con sus capitales, sus políticos, sus monumentos, sus banderas de colores y todas esas cosas que tienen los países, y entonces la situación se volvió aún más compleja.

Supongo que Dios, a pesar de su omnipresencia, tendría cosas más importantes de las que ocuparse que de mi escaso conocimiento geográfico; pero lo cierto es que nunca ha parecido demasiado consternado tampoco con otros problemas mayores como los niños que mueren de inanición o las enfermedades mortales sin tratamiento efectivo, como el cáncer o el sida.

Tampoco pareció dispuesto a ayudar a mi madre cuando la introdujeron a la fuerza en el maletero de un Ford Taunus blanco.

Tendría sus motivos para mantenerse al margen, de eso no me cabe la menor duda, pero confío en que comprenda que yo también tengo los míos para pensar de él lo que me venga en gana.

Durante el transcurso de una clase de geografía, el niño que se sentaba tres pupitres a la izquierda del mío arrancó una hoja de su cuaderno y escribió algo en ella, después la arrugó, haciendo con sus propias manos una pelota, y, por último, me la lanzó.

La bola de papel cayó junto a mis pies. La recogí, la extendí, leí con atención lo que en ella había escrito, la doblé en cuatro partes y la guardé en el bolsillo trasero de mi pantalón.

Esa misma tarde los padres de aquel chico tuvieron que llevarle a urgencias cuando descubrieron, al recogerle como cada día a la salida de la escuela, que le costaba respirar con normalidad.

El médico que le auscultó comprobó, con cierta perplejidad, que tenía un objeto atascado en su garganta y que ese era el motivo que le impedía tragar y respirar.

Se lo extrajo con sumo cuidado, usando para lograrlo unas pinzas metálicas similares a las que suelen emplearse en las barbacoas para cocinar la comida.

Lo que obstruía su tráquea era una hoja del cuaderno en el que cada día apuntaba las tareas que los profesores encomendaban en las diferentes asignaturas. Era un trozo de papel pequeño, del tamaño de una libreta A5. La saliva que lo recubría había difuminado la tinta de la frase que estaba escrita, pero aun así podía leerse su texto sin demasiada dificultad:

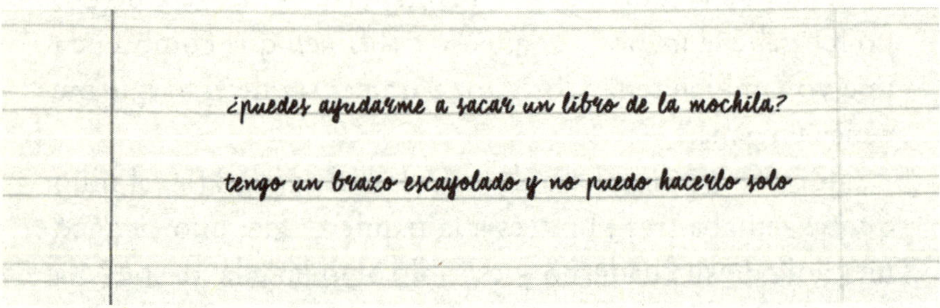

Sus padres, tras leer indignados el contenido, le preguntaron por el origen de la nota, y aunque en un primer momento él, atemorizado por las posibles represalias, se negó a responder, finalmente confesó la historia completa.

Esa misma noche, a las nueve y cincuenta y tres minutos, mientras mi padre y yo cenábamos en silencio, con la televisión encendida, mirando sin prestar demasiada atención un programa de entretenimiento en el que había que acertar frases ocultas tras un panel, llamaron a nuestra puerta.

Eran ellos, los tres, quienes estaban al otro lado. Quietos, un padre a cada lado y el hijo en medio, como si estuvieran esperando que apareciera un fotógrafo de un momento a otro para retratarles.

—¡Dilo! —ordenó ella.

—Siento haber escrito la nota sobre tu madre —me dijo el niño cabizbajo, con la mirada fija en sus zapatillas de tenis blancas.

Mi padre, que agarraba la puerta con los dedos de la mano izquierda, les miró primero a ellos y posteriormente a mí, dibujando en su rostro un gesto de perplejidad.

Yo le devolví la mirada en silencio. Mientras lo hacía pensé en Dios. En todas las veces que le había pedido que interviniera en alguna circunstancia concreta de mi vida y en cómo no me había escuchado por muy fuerte que hubiera entrelazado los dedos al rezar; también pensé, en aquel preciso instante, sosteniéndole la mirada a mi padre, mientras él agarraba la puerta con la mano izquierda y la familia de aquel chico que había estado a punto de morir asfixiado aguardaba en silencio nuestra respuesta, que tal vez lo más acertado era no volver a pedirle nunca nada a Dios, puesto que únicamente tomaba cartas en el asunto cuando le parecía oportuno, aunque lo hiciera en el momento más desafortunado.

16

La primera noche fue la peor de todas. Mi padre cruzó la puerta a gran velocidad y corrió jadeando hacia el salón. Lo hizo sin detenerse a cerrar tras de sí, sin quitarse la chaqueta siquiera. Llegó al comedor, se paró frente al teléfono y descolgó como si su vida dependiera de ello. Comenzó a marcar un número tras otro, todos los que tenía memorizados en su cabeza.

Me enteré de lo ocurrido escuchando una de las conversaciones que mantuvo.

Hablaba deprisa, tanto que su voz se entrecortaba constantemente y sus palabras se tropezaban las unas contra las otras, logrando que entenderle se convirtiera en una ardua tarea.

El resultado era una voz extraña, como la de un desconocido; era como si otra persona cualquiera se hubiera introducido dentro de mi padre y estuviera utilizando su cuerpo a su libre albedrío.

Estaba allí, de pie, con el abrigo y los guantes puestos, y la imagen que se podía ver era la de mi padre, pero por algún motivo inexplicable la voz que salía de sus labios podía ser la de cualquier otro hombre.

—Clara ha desaparecido —dijo la voz de la persona que había tomado el cuerpo de mi padre—. No, nadie sabe nada —continuó diciendo—, en su trabajo aseguran que se marchó a las seis en punto. Por lo que más quieras, dime que sabes dónde está mi mujer.

Mantuvo la misma conversación otras siete u ocho veces antes de colgar el teléfono y descubrirme de pie, frente a él, bajo el umbral de la puerta que comunicaba el pasillo con el salón.

Nos miramos en silencio durante unos segundos. Después se quitó los guantes, arrojándolos al sofá, y caminó con pasos titubeantes hacia el lugar en el que yo me encontraba.

Sin pronunciar una sola palabra me abrazó con fuerza, estrechando mi cabeza contra su pecho, y rompió a llorar como un niño pequeño al ser castigado por su tutor.

Permanecimos un largo rato así, uno abrazado al otro, sin pronunciar una sola palabra.

Creo que hasta aquel día nunca antes había visto llorar a mi padre.

17

La noche del 26 de septiembre del año 1960 el rumbo de la política norteamericana y, en consecuencia, el de la historia universal cambió para siempre debido a unos insignificantes detalles que en otro contexto no hubieran tenido ninguna trascendencia.

Durante las semanas previas a aquel lunes otoñal, el vicepresidente Richard Nixon y el senador John Fitzgerald Kennedy se encontraban inmersos en una acalorada campaña electoral de la que debía salir el nuevo presidente de los Estados Unidos de América.

Los medios especializados daban una ligera ventaja a Nixon en la carrera electoral, al considerar que su discurso le resultaba más convincente al pueblo americano. Motivado por la tranquilidad que le producía esta aparente superioridad sobre su adversario, Richard Nixon decidió aceptar participar en el primer debate político televisado de la historia.

Para Kennedy, conocedor de las estadísticas que le daban como derrotado, aquel tren era el último al que podía subirse, por lo que desde el primer momento comprendió que los sesenta minutos que ambos candidatos pasarían presentando sus programas electorales frente a una cámara serían capitales en sus posibilidades de llegar a la Casa Blanca.

Nixon, por su parte, no le concedió demasiada importancia al acontecimiento, al considerar que el efecto que podía causar la televisión en la población era ínfimo, teniendo en cuenta que por aquel entonces ni siquiera era habitual que hubiera un televisor en cada domicilio.

Guiado por ese convencimiento, se presentó en el plató tras finalizar un mitin electoral, luciendo el mismo traje con el que había pasado toda la jornada, de un inoportuno tono oscuro que le hacía pasar desapercibido en la imagen grisácea que mostraba la señal de la televisión.

Aunque en su rostro se apreciaban los restos de sudor y la ligera sombra de barba de una larga jornada de trabajo, no permitió que se le realizara ningún tipo de mejora en su aspecto, impidió que le maquillaran.

Kennedy, en cambio, eligió cuidadosamente su indumentaria, haciéndola destacar con los colores pálidos del plató. Asimismo, preparó el debate en la terraza del hotel Hilton de Chicago, recostado sobre una tumbona, mientras su jefe de campaña, Ted Sorensen, le realizaba una pregunta tras otra para que nada de lo que le dijeran durante el debate pudiera hacerle titubear o se quedara en blanco.

Tras la emisión del programa, se les realizaron dos encuestas a los ciudadanos estadounidenses.

La primera de ellas iba dirigida a quienes habían seguido el debate por la radio al no disponer de televisor en sus casas. Para estas personas, que representaban un reducido porcentaje de la población, Richard Nixon había resultado el claro vencedor del duelo dialéctico.

El problema para el vicepresidente radicó en que el segundo grupo de encuestados lo formaba un nutrido conjunto de ciudadanos, en concreto cerca de setenta y siete millones de personas, que habían seguido el debate sentados delante de un televisor y se habían quedado prendados por la imagen que Kennedy mostró ante las cámaras, luciendo un elegante brillo dorado en la piel y respondiendo sin titubear a todas las preguntas que se le realizaban.

Dicha imagen contrastaba de forma notoria con la de Richard Nixon, al que vieron visiblemente cansado y desorientado, respondiendo las preguntas sin mirar a la cámara, con la vista perdida en un punto inconcreto del escenario en el que se realizaba la grabación, como si no se estuviera dirigiendo a los espectadores que se encontraban al otro lado de la pantalla.

Finalmente, el 8 de noviembre de 1960, John Fitzgerald Kennedy se convirtió en el nuevo presidente de los Estados Unidos de América tras derrotar, contra todo pronóstico, al candidato republicano Richard Nixon.

18

La mañana en que mi madre abandonó el hospital llovía.

Llovía con tal violencia que las gotas de agua chocaban contra el asfalto y contra el capó de los coches y contra los alféizares de las ventanas, y al hacerlo reventaban convirtiéndose cada gota en decenas de nuevas gotas mucho más pequeñas que la original.

La distancia que había entre nuestra casa y el hospital era de algo más de siete kilómetros. Mi padre y yo los recorrimos en silencio. Él miraba al frente, tenía los ojos fijos en la carretera, apenas parpadeaba, no giró la cabeza hacia el lugar en el que yo me encontraba ni una sola vez; era como si sus ojos únicamente quisieran contemplar el camino que nos separaba de mi madre.

Yo, en cambio, tenía la frente apoyada en la ventanilla del copiloto y desde mi posición observaba el recorrido que íbamos dejando atrás; las calles que atravesábamos, alejándonos cada vez más del lugar del que proveníamos.

—Vamos a ser felices de nuevo —dijo mi padre.

Y su voz volvió a ser la de otro hombre, la voz del hombre que había tomado su cuerpo la tarde que secuestraron a mi madre.

Separé la cabeza de la ventanilla y, antes de mirarle, borré con la manga de mi jersey el óvalo de vaho que un instante antes había dibujado con mi aliento.

—Vamos a ser felices —repitió.

Esta vez, al observarle mientras lo decía, comprendí que no se estaba dirigiendo a mí al hablar. Que no se dirigía a nadie en concreto, que hablaba con la mirada perdida en el asfalto, como si pensara que el resto de conductores que circulaban delante de nosotros pudieran escucharle, como si creyera que su voz fuera a atravesar la luna delantera de nuestro viejo Ford Taunus blanco para mezclarse con las gotas de agua que caían del cielo.

Mi padre estacionó frente a la entrada principal del centro y apagó el motor. Durante unos instantes el único sonido que escuchamos fue el de la lluvia que nos había acompañado todo el trayecto.

Abrió la puerta del conductor y el sonido se amplificó. Con su mano izquierda aferrada al tirador, con las gotas de agua colándose en el interior del vehículo, mojando las piernas de mi padre, el asiento en el que se encontraba, e incluso los pedales del embrague y del freno, mi padre se giró hacia mí y me miró detenidamente.

Durante un instante pensé que tal vez volvería a abrazarme con fuerza, estrechando mi cabeza contra su pecho, del mismo modo en que lo hizo la tarde que mi madre desapareció. Creo incluso que estuvo a punto de hacerlo, que él también pensó que actuar así hubiera sido una forma idónea de cerrar un círculo, pero finalmente no lo hizo.

No hizo nada en realidad, se limitó a mirarme fijamente, con una expresión extraña en su rostro, como si creyera que yo era un desconocido, como si se encontrara sentado junto a un adolescente al que nunca antes había visto.

Después se bajó del coche cerrando tras de sí.

Unos segundos después abrió el maletero y comenzó a buscar un paraguas. Mientras él estaba allí, con la cabeza y el torso dentro, las puertas de cristal se abrieron y al otro lado apareció mi madre. Estaba acompañada por dos enfermeros, uno de ellos empujaba con ambas manos la silla de ruedas sobre la que iba ella.

Sonreí al verla.

Ella no lo hizo.

Ella ni siquiera me miró.

Se levantó con dificultad y se quedó inmóvil frente a los dos enfermeros que la habían acompañado hasta allí.

La lluvia seguía cayendo.

Sobre el coche en el que yo me encontraba.

Sobre la silla de ruedas en la que un instante antes estaba sentada mi madre.

Sobre el maletero abierto.

Sobre las piernas de mi padre.

Sobre todas las cosas que nos rodeaban.

Todo lo que vino después ocurrió muy rápido; aun así, hoy lo recuerdo como si hubiera transcurrido a cámara lenta.

Las manos de mi madre se abrieron dejando caer al suelo las bolsas de plástico que sujetaba con ellas. Después, contempló el viejo Ford Taunus en el que había montado decenas de veces; contempló su silueta recortada por la lluvia, con el portón del maletero abierto y el cuerpo de mi padre, hasta la altura de la cintura, oculto en su interior.

Lo observó durante unos segundos únicamente, puede que fueran cinco, o tal vez diez. Pero para mí fue como si el tiempo se hubiera detenido y ella hubiese pasado largas horas allí de pie.

Comenzó a correr bajo la lluvia alejándose de nosotros todo lo rápido que sus frágiles piernas le permitían.

Los dos hombres que la habían guiado hasta la salida corrieron tras ella. Mi padre también lo hizo; al pasar junto a la puerta su rodilla derecha golpeó la silla metálica, que se había quedado parada junto a la entrada, haciéndola caer sobre una de sus ruedas.

Contemplé toda la escena desde el lugar en el que me encontraba. Vi cómo los enfermeros intentaban detener la huida de mi madre, cómo esta se precipitaba contra el suelo al pretender esquivarles, y cómo desde allí, con el vestido completamente empapado, se arrastraba por el asfalto alejándose de ellos sin dejar de llorar y gritar ni un solo momento, con la mandíbula y los ojos desencajados.

Presencié después cómo mi padre se arrodillaba junto a ella y extendía sus manos, con las palmas hacia arriba, rogándole que se las cogiera.

Y justo en ese momento, contemplando la escena desde el sitio en el que estaba, sentado en el asiento del copiloto del viejo Ford Taunus blanco de segunda mano que habíamos comprado años atrás, junto a las bolsas de plástico que mi madre había dejado caer y la silla de ruedas que mi padre había volcado al tropezarse, comprendí el significado de las palabras que él no había parado de pronunciar durante todo el trayecto que separaba nuestra casa del hospital.

Comprendí el motivo por el que no se dirigía a nadie al decirlas.

Comprendí que sencillamente sabía que eran falsas y necesitaba repetirlas una y otra vez antes de llegar, para que de ese modo sonaran tan creíbles como fuera posible cuando las volviera a pronunciar delante de mi madre.

LO QUE SÉ DEL OLVIDO

EL MAYOR PERDEDOR DEL MUNDO

Vendía periódicos en la zona delantera:
«¡Elija al ganador! ¡Hágase rico por diez centavos!».
Y en la tercera o la cuarta carrera
se le veía rodando en una tabla carcomida
con ruedas debajo
empujándose con las manos;
arrojándose colina abajo
lanzando destellos imperialistas.

Solo tenía unos pequeños muñones por piernas
y las llantas de las ruedas estaban gastadas.

Se movía más deprisa que nadie, liaba cigarrillos balanceándose,
se le escuchaba llegar:
«¡Dios Todopoderoso! ¿Qué ha sido eso?», se preguntaban
los que le veían por primera vez.

Era el mayor perdedor del mundo.

Pero nunca se dio por vencido,
rodando hacia la ventanilla de dos dólares gritaba:
«Es el caballo número cuatro, ¡imbéciles! ¿Cómo diablos
vais a ganarle

al cuatro?».
En la pantalla las apuestas al cuatro se pagaban
60 a 1.
Nunca le vi apostar por un ganador.

Decían que dormía entre los matorrales.
Supongo que allí fue
donde murió. Ya no se le ve
por los alrededores.

Había una puta grande y gorda
que le tocaba para tener suerte y
se reía al hacerlo.

Ninguno tuvo suerte. La puta
también se fue.

Supongo que a nosotros nada nos sale bien. Somos imbéciles,
apostamos por los que no tienen ninguna probabilidad
y además nos quitan un quince por ciento,
¿pero cómo vas a decirle a un soñador
que le van a quitar un quince por ciento de su
sueño? Simplemente se reirá y dirá:
«¿Eso es todo?».

Echo de menos aquellos destellos.

Poema extraído del libro *La senda del perdedor*,
de Charles Bukowski

1

El teléfono no suena.

Llevo más de una hora tumbado en la cama mirándolo fijamente. No suena. No va a sonar. Lo sé. Estoy convencido. Nadie sabe que estoy aquí, por eso es imposible que alguien llame a este número. Pero lo cierto es que no tengo nada mejor que hacer. Estoy ante el último día de mi vida y lo único que se me ocurre es mirar fijamente un teléfono inerte y silencioso.

Mi hermana una vez estuvo a punto de salir en televisión, en uno de esos programas en los que te gastan una broma pero tú no tienes la menor idea de lo que está ocurriendo, y al principio te desconciertas y te enfadas muchísimo porque no comprendes cómo es posible que te esté pasando algo así a ti, hasta que al final del programa aparece un familiar con un ramo de rosas rojas en las manos y justo en ese momento entiendes que todo ha sido una broma, y te pones a reír y a darle besos a todo el mundo, incluyendo a todos esos actores que han formado parte del espectáculo y a los que seguramente no volverás a ver nunca.

La broma consistía en lograr que mi hermana visitara a

una de esas pitonisas que están sentadas detrás de una mesa redonda con una bola de cristal ante ellas; una vez allí, la supuesta vidente debería comenzar fallando todas sus predicciones y luego, de repente, cuando mi hermana ya estuviera arrepintiéndose de haber ido a su consulta, comenzarían a ocurrir pequeños fenómenos paranormales, como una estantería moviéndose o luces apagándose y encendiéndose aleatoriamente.

El familiar que debía aparecer con un ramo de rosas rojas en las manos era mi madre, que solía pasarse entre seis y ocho horas diarias frente a la televisión, y cuyo único sueño en la vida consistía en estar dentro de ella en lugar de estar delante, aunque fuese únicamente durante unos escasos segundos.

La chica de producción nos dijo que si finalmente seleccionaban nuestra historia nos llamarían por teléfono para comunicárnoslo.

El programa lo emitían los viernes, la noche de los viernes. Nunca nos lo perdíamos.

Era el mejor momento de la semana.

Mi hermana no tenía la menor idea de nuestras intenciones, ella lo veía con nosotros, pero lo hacía simplemente porque se divertía con las bromas que se gastaban los unos a los otros.

El resto de la semana, de lunes a jueves, nos turnábamos para que siempre hubiera alguien pendiente del teléfono.

Por la mañana se encargaba mi madre. Se levantaba a primera hora, se llenaba una taza de café y se sentaba en el salón, junto al dichoso aparato, fumando un cigarrillo tras otro. Cuando regresábamos de la escuela mi hermano y yo ocupábamos su lugar. Mientras uno hacía los deberes, el otro no perdía detalle de la pequeña mesa de cristal sobre la que se encontraba el teléfono. Al atardecer, cuando mi padre volvía del trabajo, él era el responsable de esperar la llamada.

Pasaron semanas así, incluso meses, pero nadie nos llamó para decirnos que habían seleccionado a mi hermana para gastarle una broma.

Mucho tiempo después, cuando ya incluso el programa había dejado de emitirse, no era extraño entrar en el salón y encontrar a mi madre sentada en el sofá, con las piernas cruzadas, junto a un cenicero abarrotado de cigarrillos consumidos, esperando una llamada que nunca se produjo.

2

Cuando era pequeño algunas veces me proponía estar callado para siempre. Cerraba la boca con todas mis fuerzas, hasta que me dolía la mandíbula, y me prometía a mí mismo que iba a pasarme el resto de mis días así, sin pronunciar palabra.

El caso es que al final no aguantaba más de una hora o dos en silencio. Siempre acababa interviniendo en alguna conversación ajena, o de repente se me ocurría una pregunta estúpida que en ese momento me parecía trascendental.

Cuando eres pequeño no sabes casi nada y además todo te resulta interesante, por eso no puedes estar demasiado tiempo callado. Luego pasan los años y las cosas van perdiendo interés; es la vida realmente la que con el paso del tiempo deja de parecer interesante.

Cuando mi padre perdió su empleo intentó dejar de fumar para ahorrar gastos, pero no fue una decisión acertada. Su carácter empeoró y era casi imposible verle de buen humor. Se pasaba días enteros caminando de un lado a otro por toda la casa, como si hubiera perdido algo y no lograra encontrarlo.

Una noche le pegó un puñetazo a la pared. Creo que estuvo a punto de dárselo a mi hermano, porque estaba discutiendo con él y además el puño pasó a pocos centímetros de su cara, pero finalmente fue a parar a la pared.

Mi hermano se dio la vuelta y se marchó corriendo de casa. Tuvo que estar un buen rato haciéndolo sin parar, porque desde la terraza le vimos atravesar las calles vacías a toda velocidad hasta que desapareció a lo lejos.

Mi madre y yo bajamos a buscarle. Mi hermana y mi padre se quedaron en casa. La mano de mi padre estaba llena de puntos rojos del tamaño de una cabeza de alfiler, como si sus nudillos estuvieran sangrando por dentro de la piel.

Hacía un frío de mil demonios en la calle.

Encontramos a mi hermano a unas cuantas manzanas de distancia, sentado en la entrada de un portal.

—Hace frío para estar en la calle —dijo mi madre.

No respondió. Se quedó callado durante un largo rato que se hizo eterno. Después se levantó y caminó en silencio de vuelta a casa junto a nosotros.

3

Edgar Rice Burroughs fue un escritor de género fantástico que se convirtió en una celebridad por ser el creador de una serie de novelas en las que se narraban las aventuras de Tarzán, un niño cuyos padres mueren en un viaje por el continente africano y que consigue sobrevivir gracias a los cuidados y a la protección de una manada de monos denominados manganís, una especie no conocida por la ciencia pero con características similares a las de los gorilas, los chimpancés y los homínidos.

La obra *Tarzán de los monos*, publicada por primera vez en 1912, tuvo veintitrés secuelas, en las que el protagonista vivía peligrosas aventuras en diferentes puntos geográficos del continente negro.

Lo curioso de esta historia es que su creador inventó cada una de esas novelas desde su despacho de Chicago, sin haber pisado nunca suelo africano.

4

Supongo que lanzarse al vacío no tiene ningún mérito, el verdadero logro consiste en vivir durante años junto al precipicio. Pero nunca he sido una persona valiente, ni siquiera un poco. Me he pasado la vida huyendo de todo cuanto me rodeaba y ya no quedan sitios en los que esconderse.

Encontré el teléfono en internet. Se anunciaban como un colectivo que podía ayudarte a morir dignamente. A dejar de vivir sin necesidad de sufrir. Sin que tu vida ya no fuera tuya y estuviera en manos de un grupo de desconocidos. A saltar en lugar de quedarte de brazos cruzados esperando que alguien te empuje.

Al otro lado de la línea contestó una chica de voz aterciopelada que hablaba muy despacio, como si estuviera pensando meticulosamente cada palabra antes de pronunciarla.

—¿Está realmente preparado para dejar de vivir? —me preguntó.

—No estoy preparado para seguir viviendo —respondí.

5

En el mundo se producen más de un millón de suicidios al año. Es la mayor causa de muerte no natural que existe. Por encima de los accidentes de tráfico o los aéreos, por encima incluso de las víctimas mortales de cualquier enfrentamiento bélico.

Cada cuarenta segundos una persona se suicida en algún lugar del planeta.

Cada trescientos sesenta y cinco días, más de veinte millones de personas intentan acabar con su vida de forma voluntaria, aunque diecinueve de esos veinte millones se arrepienten antes de llevar a cabo su intento o bien creen haberlo hecho todo según lo habían previsto, pero cuando se despiertan no lo hacen rodeados por angelitos de rizadas melenas rubias, sino en la habitación de un hospital, rodeados por un grupo de enfermeras que no paran de preguntarles si se encuentran bien.

Solo en España el número de suicidios por año supera los tres mil, lo que supone unas cuatrocientas víctimas más de media que las fallecidas en accidentes de tráfico. Aun así, los medios de comunicación se empeñan en bombardearnos con anuncios en los que nos piden que seamos prudentes cuando circulamos por la carretera con nuestro coche.

Con siete años vi morir al jardinero de nuestra urbanización.

Era un hombre normal. Un tipo como cualquier otro, al que solo se le recordará por cortarse las venas delante de un grupo de niños.

Algunas veces, mientras regaba las plantas, nos acercábamos para pedirle que nos dejara beber directamente de la manguera. Nunca respondía. No le escuché hablar ni una sola vez. Pero siempre disminuía la presión del agua cuando se lo pedíamos.

Se sentó frente a nosotros, en un banco de madera, y se quedó contemplándonos en silencio mientras jugábamos al fútbol. Tenía una pequeña cuchilla en las manos. Se hizo un corte en cada muñeca y continúo viéndonos jugar mientras el suelo y sus zapatos se llenaban de sangre.

—¿No le habrás tocado? —me preguntó mi madre cuando se enteró de lo ocurrido.

—No —contesté.

—Gracias a Dios —dijo entonces.

Y lo hizo como si el suicidio fuera una enfermedad contagiosa.

6

Encima de la mesilla, junto al teléfono, hay un sobre de papel de estraza marrón. Está lleno de fotos. No las he visto. No sé si lo haré. He pasado a recogerlas de camino al hotel. No me parecía justo dejarlas allí. Llevo años revelando fotografías en el mismo laboratorio y hubiese sido poco ético no presentarme a por mi último carrete.

La cámara no es mía. Ahora sí, pero antes fue de mi padre. Él no tenía la menor idea de tiempos de exposición ni de diafragmas, pero un día se presentó en casa con ella colgada del cuello y nos dijo que se había hecho fotógrafo.

Le hubiese encantado ganarse la vida con aquella cámara. Convertirse en uno de esos reporteros que recorren el mundo retratando noches de luna llena, tribus africanas olvidadas y tigres de Bengala en peligro de extinción. Nunca cumplió su sueño. Tenía una cámara preciosa, pero nadie le ofreció trabajo como fotógrafo.

Ahora la tengo yo. Es lo único que me queda de él. La cogí el día que me marché. Lo hice sin decírselo. No nos hablábamos, así que no había mucho que decir. Cogí su cámara de fotos y me largué. No he vuelto a verle desde aquel día. A mi madre tampoco. Algunas veces les envío fotografías. No sé por qué lo hago. Ni siquiera sé si las ven. Quizá rompan el sobre antes de comprobar su contenido.

En Navidad mi padre nos regalaba fotografías envueltas en papel de estraza marrón. En casa no había demasiado dinero para hacer regalos, así que cogía su cámara, iba con ella a varias tiendas de juguetes y retrataba sus escaparates. Luego las imprimía en tamaño 10 x 15 y nos las dejaba debajo del árbol.

Decía que si apretábamos con todas nuestras fuerzas la imagen contra el pecho, conseguiríamos hacer que el objeto que más nos gustara del escaparate abandonara el papel convirtiéndose en algo material.

Durante años dormí abrazado a aquellas fotografías. Después, al despertarme, buscaba por toda la habitación el juguete con el que había estado soñando toda la noche. Al final las imágenes acababan tan agrietadas que casi era imposible distinguir su contenido.

Me incorporo, apoyando la espalda en el cabecero de la cama, y alargo la mano para coger las fotografías. Durante unos segundos contemplo ensimismado el sobre de papel de estraza marrón. No puedo evitar emocionarme al hacerlo.

La nostalgia es una enfermedad inventada por todos aquellos adultos arrepentidos de abandonar el País de Nunca Jamás.

7

8

Mi madre siempre decía que mi abuelo se parecía a Anthony Quinn, el actor, sobre todo se parecía a él caracterizado de Emiliano Zapata. Mi madre no podía ver *¡Viva Zapata!* sin llorar. Cada vez que aparecía en la pantalla Anthony Quinn con su bigote postizo y su poncho rojo, ella rompía a llorar como lo haría una adolescente al conocer a su cantante preferido.

A mi abuelo no le conocí. A mi abuela tampoco. Ella murió cuando mi madre aún era una niña y él decidió que la mejor forma de hacerse cargo de sus cinco hijos era desaparecer y abandonarles a su suerte.

Se fue a Uruguay, o a Venezuela, ahora no lo recuerdo. Pero el caso es que se largó, nadie fue a buscarle y él nunca regresó. Quizá aún siga allí, quién sabe.

En casa había una fotografía suya. Está en la calle, de pie, junto a mi abuela. Ella lleva un vestido corto de flores. Tiene el pelo rizado y está sonriendo. Pero lo hace tímidamente, como si le diera vergüenza aparecer así ante la cámara. Su mano derecha está situada a pocos centímetros de sus labios, parece que la hubieran retratado mientras intentaba taparse los dientes con ella.

Él viste un traje claro, gafas de sol y sombrero. Su cabeza está ligeramente ladeada, creo que está mirando cómo mi abuela intenta taparse la boca para que no se la vea sonreír.

Realmente parece una estrella de Hollywood.

Mi película preferida es *Life Aquatic*, de Wes Anderson. Cuenta la historia de Steve Zissou y su tripulación, que a bordo del *Belafonte* recorren el mar grabando diversos documentales sobre la riqueza de sus profundidades.

Al comienzo de la cinta fallece Esteban, amigo íntimo de Zissou y compañero suyo de profesión durante décadas, al ser devorado por una peculiar y desconocida especie de tiburón jaguar.

«Ahora, si me disculpan, voy a emborracharme. En diez horas zarparé en busca de la bestia que se comió a mi mejor amigo. Si alguien quiere acompañarme será más que bienvenido».

Con estas palabras comienza la historia; tras ellas llegan ciento veinte minutos de celuloide en que se intenta dar caza al fiero animal.

El tiburón jaguar no aparece hasta los últimos instantes de metraje. Toda la tripulación está a bordo de un pequeño submarino pilotado por Steve. A su derecha se encuentra Eleanor Zissou, su mujer, a su izquierda está sentada Jane Winslett-Richardson, una joven periodista embarazada que realiza un reportaje sobre la expedición, y, tras ellos, el resto del equipo.

Durante unos segundos todo queda oscuro y en silencio. De repente, a lo lejos se ve una pequeña luz brillante que va haciéndose cada vez más grande. Nadie habla. Se limitan a contemplar expectantes lo que está ocurriendo. Entonces ante ellos se muestra un enorme tiburón cuya piel brilla como si estuviera cubierta por miles de diamantes.

—Es precioso, Steve —dice Eleanor.

—Sí, no está mal —contesta él—. ¿Se acordará aún de mí? —pregunta.

Y un instante después de decirlo rompe a llorar como si de un niño pequeño se tratara, mientras acaricia con delicadeza la barriga de la joven periodista.

—Dentro de doce años tendrá once años y medio —dice ella.

—Once años y medio fue mi edad preferida —responde él sin dejar de llorar, mientras el tiburón se aleja quedando todo nuevamente a oscuras.

9

No tiene que resultar sencillo decirle a alguien que se está muriendo. No creo que nadie pueda acostumbrarse a algo así. Anunciarle su propia muerte a la persona que tienes delante no puede acabar convirtiéndose en una rutina aunque te veas obligado a hacerlo un día tras otro.

—Tres meses es poco tiempo. Siempre he querido aprender a tocar la guitarra; no creo que en tres meses pueda hacerlo.

Eso es todo lo que se me ocurrió decir cuando supe que me estaba muriendo.

Después llegaron las palabras de consuelo, los tratamientos para dilatar todo cuanto fuera posible mi decadencia, y hasta apareció un psicólogo que aseguraba que podía ayudarme a encajar la noticia y a gestionar MI tiempo. El poco tiempo del que disponía.

Siguiendo sus indicaciones me compré una libreta negra de bolsillo para anotar en ella las cosas que me gustaría hacer antes de acabar postrado en una cama ataviado con unos pañales gigantes. Pero todo lo que escribía eran estupideces, cosas como pelear por el título de los pesos pesados en Las Vegas o ser el único superviviente de un accidente aéreo.

No es fácil asumir que lo único que realmente te gustaría hacer antes de no poder valerte por ti mismo es evitar llegar a esa situación.

10

Un amigo del colegio me contó que los esquimales tienen alrededor de mil palabras diferentes que significan «hielo» o «nieve», pero en cambio en su lenguaje no hay ni una sola palabra que signifique «hola».

11

Cuando yo nací mi padre tenía bigote. Un frondoso bigote. Lo sé porque lo he visto en las fotografías de mi bautizo. También tenía un Renault Fuego azul y un reloj de oro que le había regalado su padre el día que se casó.

Decidió afeitarse porque aseguraba que el bigote le hacía mayor. Por aquel entonces ya contaba con tres hijos y su coronilla comenzaba a clarear.

Luego se arrepintió, innumerables veces, y hasta volvió a lucir un poblado bigote por un corto espacio de tiempo, hasta que nuevamente decidió deshacerse de él.

La historia del bigote de mi padre no significa gran cosa, es probable incluso que no signifique nada. Pero durante años me ha gustado contarla porque siempre me ha parecido la mejor forma de definirle.

Se ha pasado toda la vida sin tener muy claro si quería parecerse o no a la persona que una vez fue.

12

13

Thomas Alva Edison nació el 11 de febrero de 1847 en Milan, Ohio. Era un niño inquieto al que costaba mantener entretenido. Con ocho años le expulsaron de la escuela por, según explicó su tutor, ser un alumno estéril e improductivo. Cuando aún no había cumplido diez años, su madre, que tenía plena confianza en las capacidades intelectuales de su hijo, le regaló un ejemplar de la novela titulada *La filosofía natural*, de Richard Green Parker. Tal fue la fascinación del joven por aquel texto que decidió intentar realizar en el sótano de su propia casa cada uno de los experimentos que en él se detallaban.

A lo largo de su dilatada trayectoria Edison patentó más de mil creaciones diferentes, lo que supone una carrera profesional con una media de una nueva patente cada quince días.

Varias de sus invenciones influyeron de forma decisiva en el transcurso de la historia, como el diseño del fonógrafo, por ejemplo, considerado su primer gran trabajo, un dispositivo capaz de grabar y reproducir diferentes sonidos. Desarrolló también el quinetoscopio, que aunque acabó desapareciendo debido a la escasa repercusión que tuvo en la sociedad de la época, hoy en día está considerado uno de los padres del cine. Y, lógicamente, su gran obra, la revolución de la electricidad moderna con el descubrimiento de un filamento de bambú carbonizado con el que consiguió algo que por aquel entonces resultaba inimaginable: mantener una bombilla encendida durante largos periodos de tiempo.

Falleció el 18 de octubre de 1931 en West Orange, Nueva Jersey, con más de ochenta años. A modo de homenaje por todo lo que había aportado a la evolución de la humanidad, las ciudades más significativas del mundo decidieron apagar sus luces, quedándose a oscuras durante un minuto.

Topsy era un elefante criado en cautividad para formar parte del Forepaugh Circus de Coney Island. Durante años fue uno de los mayores alicientes del espectáculo. Con sus tres toneladas de peso hacía las delicias de los más pequeños, que asistían al circo con la intención de poder subir a lomos del gigantesco animal. Pero los continuos maltratos a los que le sometía su cuidador, obligándole a comer cigarrillos encendidos, llevaron al elefante a sufrir varios arrebatos violentos, fruto de los cuales perdieron la vida tres personas, entre ellas su agresivo domador.

Los propietarios del Forepaugh Circus, ante lo ocurrido, se vieron obligados a tomar una decisión. Su primera propuesta fue ahorcar públicamente al animal, a modo de castigo por su actitud, pero ante las insistentes protestas de la American Society for the Prevention of Cruelty to Animals, decidieron buscar otras alternativas.

Fue entonces cuando Thomas Alva Edison entró en escena para ofrecer una posible solución.

En aquella época, primeros años del siglo XX, se estaba disputando una guerra abierta por hacerse con el control absoluto de la corriente eléctrica.

Por un lado estaba Edison, defensor de la corriente continua, por el otro Nikola Tesla, padre de la corriente alterna. El primero creía haber encontrado la forma de acabar con la competencia que le ofrecía su adversario. Según había descubierto, la corriente alterna no era segura, por lo que decidió, para demostrárselo a la sociedad, electrocutar a Topsy ante más de 1.500 personas para que de ese modo se pudiera comprobar la superioridad de la corriente continua ante la alterna. No satisfecho con la ejecución pública, Edison decidió también inmortalizar la secuencia con una precaria cámara cinematográfica de su propia creación, para después mostrar por todo el país la muerte del elefante como claro ejemplo de la inseguridad que provocaba la corriente desarrollada por Nikola Tesla.

Thomas Alva Edison y Harold P. Brown crearon la silla eléctrica basándose en los fallos de seguridad de la corriente alterna, un artefacto de tortura que se ha utilizado durante más de cien años para arrebatarles la vida a miles de personas.

Mi padre me contó esta historia una calurosa noche de verano. Las facturas sin pagar se acumulaban y la compañía eléctrica nos había cortado el suministro hasta que abonáramos la cantidad adeudada. Estábamos sentados en el salón, rodeados por varias velas que se iban consumiendo mientras él hablaba.

Desde aquel día no he conseguido volver a encender una bombilla sin pensar que en ese mismo instante alguien está muriendo al otro lado del planeta por mi culpa.

14

La chica de la recepción tiene los ojos verdes y los labios agrietados. Parece alta, aunque no la he visto de pie, lo he intuido al contemplar su torso a través del mostrador que nos separaba. Le ha sorprendido que pagara por adelantado.

—Puede abonar la habitación al abandonar el hotel si lo desea —me ha dicho.

He sonreído. No se me ha ocurrido nada mejor. Después le he acercado mi tarjeta de crédito para que cargara en ella el importe de una noche.

Desde la cama de la habitación fantaseo con la posibilidad de bajar nuevamente e invitarla a cenar. Creo recordar, aunque tal vez sea mi memoria jugándome una mala pasada, que ha sonreído varias veces mientras hablábamos, más de las que el protocolo aconseja.

Miro el techo durante unos segundos. No tengo nada mejor que hacer. Son las siete de la tarde. Aún es pronto. Me incorporo y me pongo los zapatos. Camino hasta el baño, corto un trozo de papel higiénico y los limpio. Odio los zapatos sucios. Frente al lavabo hay un espejo. Me miro al pasar de nuevo hacia la habitación. Llevo mis pantalones vaqueros preferidos, mi camiseta preferida y mi jersey preferido. Hasta la ropa interior la he elegido concienzudamente. Los zapatos son normales. No tengo zapatos preferidos.

Salgo al pasillo y bajo por las escaleras. Me dan miedo los ascensores. Siempre me ha aterrorizado la idea de morir asfixiado dentro de uno de ellos. Incluso ahora, que no me quedan más que unas pocas horas de vida, me sigue generando cierta aprensión la idea.

La chica de la recepción ha desaparecido. En su lugar hay un joven pelirrojo y pecoso que parece haber heredado su uniforme de un antiguo empleado bastante más voluminoso que él.

—¿Puedo ayudarle en algo? —me pregunta.

Titubeo unos instantes antes de responder. Por primera vez analizo con cierta frialdad lo que estoy haciendo y descubro que es una estupidez.

—Quería ver a tu compañera —le digo finalmente.

—No está ahora mismo, quizá pueda serle yo de ayuda.

—No, da igual. ¿Volverá pronto?

—Su turno termina a las cinco. Regresará mañana a primera hora.

—Entonces va a ser imposible que coincidamos.

—¿Se marcha usted muy temprano? —me pregunta con inocencia.

—Más o menos.

—Puede dejarle una nota si lo desea.

—No te preocupes, gracias de todas formas.

Regreso sobre mis propios pasos. Antes de subir el tercer escalón me detengo y vuelvo a la recepción.

—¿Puedes dejarme un papel y un bolígrafo? He cambiado de idea.

—Claro —responde.

Y acto seguido me acerca un folio, con el logotipo del hotel en el encabezado, y un bolígrafo negro.

—Gracias —le digo.

Garabateo una frase allí mismo, sobre el mostrador. Antes de entregarle el papel al chico pecoso leo las palabras que acabo de escribir: «Es bonito no saber nada el uno del otro».

Le devuelvo el bolígrafo y le hago entrega de la nota. La he doblado varias veces, pero aun así sospecho que la leerá antes de dársela a su compañera.

No tengo muy claro el motivo por el que he escrito esa frase. Ni siquiera es mía. Es parte de un diálogo de la película *El último tango en París.* Me gustó cuando la escuché por primera vez y desde entonces siempre he querido usarla en algún momento.

Subo por las escaleras despacio. Estoy agotado. Me detengo una planta antes de llegar a mi habitación y me siento sobre un peldaño para intentar recuperar el aliento. Me avergüenza que pueda aparecer un cliente o algún miembro del personal y me encuentre en el suelo jadeando. Me tapo la cara con las manos y escucho mi respiración chocando contra las palmas. Intento imaginar cómo debe de ser dejar de respirar, pero no lo consigo.

15

Mi hermano dibujaba militares con su traje de combate, su pintura de camuflaje y su ametralladora, y luego los recortábamos para jugar con ellos. Mi hermano dibujaba francamente bien. Yo no he visto a nadie hacerlo tan bien como él. Podía haberse ganado la vida como ilustrador, lo que pasa es que de repente le dio por hacerse mayor y dejó de gustarle jugar con muñecos de papel. Seguía dibujando de vez en cuando, pero lo hacía porque yo se lo pedía, sin ponerle demasiado empeño, así que normalmente el resultado era bien distinto. Aun así continuaba dibujando mucho mejor que cualquier otro. Mucho mejor que yo, por ejemplo. Yo le ponía todas las ganas del mundo, pero mi mayor problema era que no tenía ningún tipo de talento.

Hay una película de terror en la que unos chicos están pasando la tarde en una de esas ferias con atracciones y puestos de algodón de azúcar, y de la nada aparece un hombre con una gabardina gris y una mirada de esas que tienen los asesinos sin escrúpulos en el cine americano y se dedica a hacerles la vida imposible a los pobres muchachos durante más de una hora y media.

El caso es que la película es pésima, ni siquiera llega a dar miedo, pero desde el momento en que la vimos mi hermano comenzó a tener pesadillas. Soñaba una noche de cada tres con el tipo de la gabardina gris.

Al principio no le dimos demasiada importancia al asunto. Nos sentábamos a desayunar por la mañana y él nos contaba lo que había imaginado durante la noche.

El sueño era siempre el mismo. Escuchaba un ruido que le hacía despertarse, entonces abría los ojos despacio y tenía frente a sus narices a aquel individuo de mirada penetrante.

Poco a poco la situación se fue agravando. Algunas mañanas, cuando mis padres se despertaban, encontraban a mi hermano en el sofá del salón, encogido como si fuera un ovillo de lana. Había llegado hasta allí huyendo de sus propias pesadillas.

Aquel problema duró varios meses. Mis padres estaban desesperados, no sabían a quién acudir. Hasta que un día, sin previo aviso, el hombre de la gabardina gris se largó a atormentarle las noches a otra persona y mi hermano volvió a dormir como un lirón.

Le he escrito una carta. La he dejado en el buzón esta mañana. Cuando le llegue yo ya estaré muerto. En el texto le he puesto que le escribo desde el más allá. Espero que no se moleste. Pensé que podría resultar divertido.

Al principio se me han ocurrido infinidad de cosas que decirle, pensaba que necesitaría varios folios, pero al final, cuando me he sentado delante del papel en blanco, no me salían las palabras.

Le cuento que me hubiera gustado mantener otro tipo de relación con él. Más cercana. Que supongo que la culpa ha sido de ambos, que no hemos sabido gestionar nuestra distancia. Le digo también que ya es tarde para lamentaciones, que las cosas no pueden cambiarse y que en cualquier caso no debe preocuparse, que en el fondo hemos vivido buenos momentos juntos.

Me despido con un abrazo y una posdata. En ella le cuento que el tipo de la gabardina gris se encuentra ahora conmigo, que desde donde ambos estamos le pide disculpas por lo mal que se lo hizo pasar cuando era un crío.

16

La primera chica a la que besé se llamaba Almudena. Tenía los ojos negros y una larga melena rizada que le llegaba por debajo de los hombros.

Sus pechos eran pequeños y solo me dejaba tocárselos por encima del jersey.

Decía que escribía poesía, pero yo nunca leí ni uno solo de sus versos. Se imaginaba un futuro en el que vendía millones de ejemplares de sus poemarios y los seguidores se agolpaban a su alrededor pidiéndole autógrafos. Pasaba tardes enteras practicando varios tipos de firma para cuando llegara ese día.

Tenía unos pies diminutos y siempre llevaba zapatillas de tenis. No le gustaban los zapatos. Tampoco los tacones.

Nos besábamos con los ojos cerrados durante minutos. Nos agarrábamos por la cintura y nos besábamos hasta que nos aburríamos. Al terminar siempre me preguntaba si había abierto los ojos. Ella nunca los abría. Yo lo hice alguna vez, pero no hay mucha diferencia entre hacerlo de una forma u otra.

Su película preferida era *El mago de Oz*. Cuando era pequeña su madre le decía que se parecía a Judy Garland, la niña que interpreta a Dorothy, aunque aseguraba que lo hacía porque sabía que a ella le gustaba oírlo, ya que el parecido entre ambas era inexistente.

Su padre trabajaba como reponedor en un supermercado y cuando el encargado no estaba mirando podía guardarse cosas en los bolsillos del uniforme. Cosas pequeñas, como chocolatinas o latas de conserva.

Nos separamos paulatinamente. Sin darle mayor importancia. Éramos un par de adolescentes que se cansaban rápido de todo cuanto poseían.

Volvimos a vernos mucho tiempo después. Ambos estábamos muriéndonos, cada uno de una forma diferente.

Estaba casada con un tipo varios años mayor que ella y habían tenido cien o doscientos hijos. Se había cortado el pelo y sus ojos apenas se veían, ocultos tras dos violáceas ojeras.

Hablamos del pasado como si no nos perteneciera, como si nos diera vergüenza que las personas que una vez fuimos pudieran encontrarse con las personas en las que nos habíamos convertido.

—Me he pasado toda la vida haciendo chocar los talones de mis zapatos —me dijo al despedirnos—, pero nunca he encontrado a nadie que me llevara de vuelta a casa.

17

18

Cuando las cosas empeoraron en casa mi padre comenzó a pasarse todo el día en la calle intentando conseguir un buen empleo. Regresaba a última hora de la tarde sin haberlo logrado, ni siquiera encontraba uno malo.

Mi muñeco preferido era un indio navajo. Era una figura de plástico de unos diez centímetros. Tenía los brazos en alto. En la mano izquierda sostenía un machete y en la mano derecha, una lanza. Su cabeza estaba repleta de plumas, como las de los indios de las películas.

Un día se le rompió el brazo izquierdo, el del machete, y a mí me dio una pena enorme porque era mi muñeco preferido y además el brazo izquierdo me gustaba mucho más que el derecho, porque un cuchillo puede servir para cientos de cosas diferentes, pero una lanza en cambio es más incómoda que útil.

Mi hermano me dijo que si lo vendábamos con celo tal vez podría curarse, así que junté nuevamente el brazo al torso y le di al menos siete vueltas con cinta adhesiva negra. Luego lo guardé debajo de la almohada y lo dejé allí para que se recuperara tranquilamente.

Una vez por semana le quitaba el vendaje con delicadeza para ver su evolución. Nunca mejoró. El brazo no volvió a unirse al torso; ni siquiera un poco.

19

La primera película de la historia del cine se proyectó el 28 de diciembre de 1895 en el Salón Indian del Gran Café, situado en el Boulevard des Capucines, en París. Sus creadores fueron Auguste Marie Louis Nicolas Lumière y Louis Jean Lumière. La proyección se componía de diferentes grabaciones de unos pocos minutos de duración, como por ejemplo: *Salida de la fábrica Lumière, Llegada de un tren a la estación de la Ciotat, El desayuno del bebé* o *El regador regado.*

La primera película rodada con un guion previo a su realización fue *Viaje a la Luna*. La dirigió el francés Georges Méliès en el año 1902.

En cuanto al cine sonoro, hasta hace poco tiempo se pensaba que *El cantante de jazz*, de Alan Crosland, rodada en 1927, era la cinta más antigua en la que podía escucharse audio. Pero un rollo de celuloide encontrado recientemente en la Biblioteca del Congreso de los Estados Unidos prueba que en 1923, cuatro años antes del rodaje de la célebre obra de Crosland, Lee DeForest grabó una pieza documental en la que se puede ver y escuchar a Concha Piquer cantando un fado portugués.

Desde las primeras proyecciones cinematográficas fueron varios los realizadores que intentaron, con mayor o menor éxito, mostrar imágenes en color. Para llevar a cabo su idea se inventaron técnicas tan dispares como pintar a mano todos los fotogramas de una película, uno a uno, o introducir diferentes filtros tintados en la cámara durante el rodaje. Pero no fue hasta 1928, con la aparición del tecnicolor, cuando comenzaron a producirse películas en color tal y como ahora las conocemos.

La primera obra filmada en su totalidad con este revolucionario sistema fue un cortometraje de animación. Se realizó bajo la producción de Walt Disney y tuvo por título *Flowers and trees.*

Margaret Herrick era una empleada de la Academia de Cine y Artes Escénicas estadounidense que nunca hubiera pasado a la historia de no haber asegurado que la estatuilla que se entregaba cada año para premiar a las mejores películas le recordaba a su tío Oscar.

Hasta aquel momento el galardón no tenía nombre.

Según el libro Guinness la película más larga de la historia tiene una duración de 5.220 minutos. El título del film es *La cura contra el insomnio*, está dirigida por John Henry Timmis y en ella solamente aparece un actor, el poeta L. D. Groban, que durante las más de 85 horas que dura la cinta lee un poemario propio con una extensión superior a las 4.000 páginas, mientras constantemente es interrumpido por breves secuencias de grupos musicales tocando *heavy metal* y parejas manteniendo relaciones sexuales.

Por su parte, *El incendio del templo del loto rojo*, con una duración de 1.620 minutos, está considerada por muchos expertos en la materia como la verdadera película más larga de la historia, ya que su narración tiene una estructura cinematográfica clásica, mientras que la obra de Timmis es meramente experimental.

En 1995 Peter Jackson estrenó el falso documental *Forgotten Silver*, en el que se muestra la supuesta vida de Collin McKenzie, un pionero cineasta neozelandés olvidado por la historia, pero con una considerable influencia en la aparición y el desarrollo del séptimo arte.

Fue tanta la repercusión que tuvo el documental en la sociedad neozelandesa que el propio Jackson tuvo que aparecer en un programa de la televisión nacional aclarando que se trataba de una historia ficticia.

Algo similar había ocurrido en octubre de 1928 cuando Orson Welles escenificó, a través de los micrófonos radiofónicos de la CBS, fragmentos de la obra *La guerra de los mundos* de H. G. Wells, consiguiendo que miles de personas colapsaran las líneas telefónicas de las comisarías, presas del pánico que les producía la posibilidad de estar viviendo una invasión alienígena.

20

Me gustaba sentarme en el suelo del salón y copiar en un cuaderno los números telefónicos de la guía. Pasaba horas enteras haciéndolo. El problema era que solamente apuntaba el número, sin poner al lado el nombre de la persona o de la empresa a la que pertenecía, así que al final tenía un cuaderno repleto de dígitos que no significaban nada.

Después quise ser director de cine, pero como no tenía la menor idea de lo que debía hacer para llevar a cabo mi proyecto, se me ocurrió que la mejor forma de lograrlo era anotar todas las curiosidades que fuera aprendiendo sobre el séptimo arte en una libreta, lo cual, sin ser una idea brillante, era bastante más útil que copiar cientos de teléfonos a los que seguramente nunca llamaría.

Con el paso de los años mi vocación cinematográfica desapareció, pero continué apuntando curiosidades en un cuaderno tras otro porque pensé que de lo contrario todo el tiempo empleado hasta aquel momento habría sido en vano.

Mi hermana se casó en verano, pero lo hizo una tarde de lluvia, así que cuando algún invitado revisa las fotografías del enlace cree que se celebró en otoño.

Lo que intento decir es que algunas veces las cosas ocurren de una determinada forma, pero luego, con el paso del tiempo, se recuerdan de otra distinta.

Por eso a mí me gusta apuntarlo todo; para evitar que la memoria me juegue malas pasadas.

21

En la prensa hablan de un hombre que ha entrado en una sucursal bancaria armado con una granada de mano y se ha pasado allí dentro, junto con todos los empleados y clientes, doce largas horas.

El individuo en cuestión, según informan, está identificado con las siglas I. G. M. y responde al nombre de Iván.

Durante el tiempo que ha durado el secuestro ha ido liberando rehenes paulatinamente a cambio de pequeñas peticiones; cosas como seis latas de cerveza, papel de aluminio y bocadillos para él y para las personas retenidas contra su voluntad.

La dueña de la cafetería que se ha encargado de preparar los bocadillos es entrevistada por un periodista. Dice que nunca en su vida había trabajado a tanta velocidad, asegura incluso que ha estado a punto de cortarse un dedo mientras abría el pan. Hay una foto suya en el periódico. Sus familiares están a su alrededor. La miran orgullosos, como si dentro de los bocadillos en lugar de embutido hubiera introducido la vacuna contra el sida.

La última petición del atracador es una motocicleta de gran cilindrada valorada en 12.000 euros.

Sale de la sucursal bancaria rodeado por los rehenes que aún no ha liberado. Los suelta para que puedan correr alejándose de él y camina hacia el vehículo, que se encuentra en la calle con las llaves puestas, tal y como ha solicitado.

Antes de arrancar y acelerar dándose a la fuga, se dirige a las decenas de policías que le rodean.

—Solo quería meterme un pico tranquilo y beberme unas cervezas; y las que habéis traído no tenían alcohol —les dice—; dejadme vivir un poco —concluye.

Al tomar la primera curva un coche de policía camuflado aparece en su camino arroyándole. Su cuerpo sale despedido y recorre al menos veinte metros antes de chocar contra el asfalto.

Lo cierto es que su última frase, para ser improvisada, es digna del mejor final posible de una película. Lamentablemente, en la vida real pedirle clemencia a la policía cuando acabas de atracar un banco es como intentar ganar a la ruleta rusa usando un revólver cuyo tambor está lleno de balas.

22

Desde la ventana del hotel pueden verse los tejados de las casas colindantes. Hay un gato caminando por uno de ellos. Sus patas se posan con delicadeza sobre las tejas como si fueran los pies de un equilibrista. Me pregunto cómo habrá llegado hasta allí arriba.

Mis abuelos paternos vivían en una casa baja con patio, situada a las afueras de la ciudad. Cada noche antes de acostarse mi abuela dejaba dos cuencos metálicos en una de las esquinas del patio. Uno de ellos estaba lleno de agua y el otro lo estaba de pienso.

A mí me gustaba dormir allí los fines de semana. Podía pasarme horas enteras sentado junto a la ventana de la cocina, observando a través de su cristal a los gatos que iban apareciendo en busca de su cena.

Cuando una gata preñada paría, mi abuela sacrificaba a los cachorros introduciéndolos en un barreño lleno de agua. A mí aquello me parecía una actitud cruel y desprovista de cualquier tipo de sentimiento, impropia de una persona que cada noche antes de acostarse alimentaba a decenas de gatos callejeros. Ella se justificaba diciendo que la vida que les esperaba a las pobres criaturas era tan desoladora que lo mejor para ellos era que nunca llegaran a abrir los ojos.

Cierro la ventana. Ha entrado aire y la habitación se ha quedado fría. Subo la temperatura de la calefacción y me tumbo nuevamente en la cama.

23

24

Mi abuelo paterno no iba nunca a misa, pero creía en Dios más de lo que creen todas esas monjas con cara de no haber echado nunca un buen polvo, que siempre van detrás de uno en la iglesia porque les jode que puedas tocar algo. Mi abuelo creía en Dios a su manera, con tanta fe como la que le tienen los argentinos a Maradona.

La chica con las tetas más grandes de toda la escuela se llamaba Tania, aunque los chicos la llamábamos Tetania. Tenía el pelo corto y era más fuerte que la mayoría de nosotros, pero también tenía unas tetas gigantes.

Víctor era el chico más bruto de todo el colegio. Podía lanzar un balón medicinal de una punta a la otra de un campo de fútbol sala sin que tocara el suelo.

Mi tía me compró un periquito para mi comunión. Lo llevaba en las manos durante la ceremonia, pero como el animal no paraba de hacer ruido, generándole bastante malestar al cura que oficiaba el acto, pensó que lo mejor era guardárselo en el bolso para que así no se le escuchara. Cuando todo terminó corrí hacia el lugar en el que ella se encontraba para que me dejara coger al pájaro, pero al sacarlo descubrimos que se había asfixiado entre sus lápices de labios, su monedero y sus pañuelos de celulosa.

—¿Crees en Dios? —me preguntó una tarde mi abuelo.

—No —respondí.

—¿Por qué?

—No lo sé.

—¿No lo sabes?

—No.

—Él es el creador de todo cuanto te rodea.

—Si eso es cierto, debe de estar avergonzado de nosotros.

Guardó un largo silencio antes de responder.

—Espero que no de todos —dijo finalmente.

25

La primera vez que dormí en un hotel lo hice con mi padre. Había conseguido un trabajo temporal como transportista y algunas veces se veía obligado a hacer largos viajes que le llevaban a pasar la noche fuera.

Era un hotel de tres estrellas, pero a mí me parecía que podía tener cuatrocientas o quinientas.

Un empleado nos acompañó hasta la habitación. No teníamos maletas, solo una pequeña mochila, pero se la quitó a mi padre de los hombros y cargó él con ella. No dijo ni una sola palabra en todo el tiempo que el ascensor tardó en llegar hasta la planta en la que se encontraba nuestra habitación. Estaba muy serio, con su chaqueta roja con los botones dorados, como en las películas.

—¿Puedo encender la televisión? —le pregunté a mi padre cuando nos quedamos solos.

—Claro —me dijo—, puedes hacer lo que quieras.

Estuvimos viendo un canal extranjero de deporte hasta la madrugada. Primero emitieron un torneo de dardos y luego otro de billar. No conocíamos las reglas de ninguno de los dos, pero aun así fue divertido.

A las ocho de la mañana del día siguiente llamaron desde recepción al teléfono de la habitación para despertarnos, tal y como mi padre había solicitado cuando llegamos.

—¿Te imaginas poder vivir siempre así? —me dijo sonriendo.

—¿Teniendo una persona que nos llame cada mañana para levantarnos en lugar de usar una alarma? —pregunté a modo de respuesta.

—Por ejemplo. Y dormir cada noche en una ciudad diferente.

—No me lo puedo imaginar.

—Yo tampoco.

De regreso a casa paramos a comer en un restaurante situado en una estación de servicio. Pedí de postre un helado con dos bolas de vainilla, dos más de nata y una última de fresa, todo bañado en sirope de chocolate caliente. Era tan grande que en lugar de servirlo en un plato, venía presentado en una canoa marrón de plástico de unos treinta centímetros. Tenía hasta dos pequeños remos amarillos, uno a cada lado, y una bandera en la que habían dibujado un par de tibias y una calavera.

Mi padre no podía parar de reír mientras me miraba intentando comérmelo.

Luego las cosas se torcieron y dejamos de hablarnos. Nos dijimos cosas horribles, pero creo que lo que más nos dolió no fue lo que le escuchamos decir al otro, sino las palabras que nosotros mismos fuimos capaces de pronunciar.

26

«Me da miedo la enormidad, donde nadie oye mi voz».

ANTONIO VEGA,
Lucha de gigantes

27

Me apunté al equipo de atletismo porque un fin de semana de cada dos se competía fuera de la ciudad. Un destino diferente cada quince días. El viaje se realizaba en autobús y yo no solía montar nunca en autobús, así que me pareció una buena idea.

A mí se me daba bien correr, pero solo distancias cortas. El problema era que la mayoría de las carreras que disputábamos tenían una extensión de dos o tres kilómetros y había que atravesar caminos de tierra desnivelados, por lo que cada quinientos metros recorridos a mí me parecían quinientos kilómetros.

—Seguro que lo haces mejor la próxima vez —me decía el entrenador cada vez que subía al autobús para regresar a casa.

El chico más rápido de todo el equipo se llamaba Adrián y tenía unas piernas huesudas que parecía que se le fueran a romper de un momento a otro. Era feo. Mucho. Tanto que yo creo que corría tan rápido para intentar salirse de su propio cuerpo.

Su madre tenía unos ojos verdes enormes como dos esmeraldas. Siempre estaba esperándole en la parada del autobús cuando regresábamos de una carrera. Todos los chicos del club de atletismo nos masturbábamos pensando en ella y luego se lo decíamos a Adrián. Se ponía furioso y le daba patadas a la pared con sus escuálidas piernas; pero eso era todo lo que hacía.

Su padre era tan feo como él, pero además era calvo y, en lugar de estar delgado como su hijo, estaba gordo como una ballena preñada.

Las chicas guapas suelen enamorarse de tipos feos porque la belleza es frágil y solo el que nunca ha poseído esa fragilidad sabe valorarla.

28

Las chicas feas no tienen hora para llegar a casa.

Nadie quiere herir a una chica fea. Ni los violadores, ni los asesinos, ni los vendedores de seguros. Nadie quiere acercarse a una chica fea para hacerle daño.

Los padres no quieren tener hijas feas. Detestan su seguridad. Prefieren la intranquilidad de tener una hija bonita y pasarse la noche en vela imaginándosela descuartizada en el maletero de un asesino en serie.

Mi hermana nunca fue muy guapa, pero tampoco era demasiado fea, al menos no era lo suficientemente fea como para que la dejaran llegar a casa de madrugada.

Una noche, una calurosa noche de verano, un tipo salió de entre dos coches estacionados y se colocó delante de ella. Después la miró fijamente con una sádica sonrisa dibujada en su rostro y por último se bajó los pantalones y le enseñó la polla.

Era una polla normal, como la mía o como la del dependiente de un supermercado.

El caso es que estaba allí, con los pantalones y los calzoncillos a la altura de los tobillos y su pene erecto apuntando hacia el lugar en el que ella se encontraba.

Yo no sé cómo habría actuado en una situación semejante, pero mi hermana lo tuvo bastante claro: esquivó a aquel tipo y corrió hacia el portal todo lo rápido que sus pies le permitieron.

Supongo que él intentaría seguirla, pero no debe de ser sencillo correr cuando tus pantalones están a la altura de tus tobillos.

29

En casa de mis padres había un perro, era grande y negro. Sus ojos y sus uñas también era negras.

Murió una mañana de octubre.

Lo encontró mi madre; estaba tumbado en la cama, parecía dormido, pero estaba muerto. Las sábanas estaban empapadas de sangre, también el colchón lo estaba.

El veterinario les explicó a mis padres el motivo por el que el animal había fallecido, pero no se lo quise preguntar.

Decidimos hacer un funeral en su honor. Metimos sus cenizas en una urna y las dejamos encima de la mesa del salón. Algunos familiares y amigos se acercaron hasta nuestra casa. Caminaban hasta la mesa y se colocaban frente a ella mirando la urna. Parecían imbéciles. Después nos daban el pésame.

A las seis de la tarde dejó de entrar gente. Llovía desde primera hora de la mañana y no era un día muy agradable para salir de casa a visitar las cenizas de un perro muerto.

—¿Qué vamos a hacer con sus restos? —preguntó mi madre.

Nadie respondió.

Mi padre se levantó, cogió la urna, se dirigió al cuarto de baño y la vació en el inodoro.

Un par de horas después nos sentamos alrededor de la misma mesa sobre la que habían descansado sus cenizas, y cenamos sopa y estofado de carne.

30

31

La teoría de la curva del olvido, de Hermann Ebbinghaus, dice lo siguiente:

> La curva del olvido ilustra la pérdida de retentiva con el tiempo.
>
> La velocidad con la que olvidamos depende de varios factores, como por ejemplo la carga emocional de un recuerdo.
>
> Si memorizamos datos sin sentido, como una cadena de sílabas que no representan nada, en unos pocos días habremos olvidado más de la mitad de la información memorizada.
>
> En cambio, cuanto más intenso sea un recuerdo, mayor será la cantidad de tiempo que podremos retenerlo.
>
> Se podría definir la teoría de la curva del olvido con la siguiente fórmula matemática:
>
> $$R = e \frac{-t}{s}$$

Donde R es la retentiva, s la intensidad relativa del recuerdo y t es el tiempo.

Según este texto nuestra capacidad de recordar y olvidar se cimienta en la importancia que para nosotros haya tenido un determinado recuerdo.

Brad Williams nació en Wisconsin, Estados Unidos, y es una de las pocas personas en el mundo a las que se les ha diagnosticado hipermnesia o memoria autobiográfica, una extraña afección que obliga al que la sufre a almacenar todos sus recuerdos sin tener la capacidad de borrar ninguno de ellos.

Su hermano Eric rodó un documental bajo el título de *Inolvidable* para intentar acercar esta enfermedad a la sociedad.

En él puede verse a Brad compitiendo contra el famoso buscador de datos Google: es capaz de ofrecer una respuesta más rápida que un ordenador en dieciocho de cada veinte preguntas.

Por otra parte, la cinta también muestra el lado negativo de la hipermnesia, ya que Williams carece de la capacidad de generalizar, por lo que conceptos básicos como *árbol*, por ejemplo, son complicados para él, ya que, al contario que cualquiera de nosotros, él no puede relacionar la palabra con un objeto en particular, sino que visualiza todos los árboles que ha visto a lo largo de su vida, cada uno en el lugar en el que lo vio y con todas y cada una de sus hojas y ramas.

Los afectados por la enfermedad tienen graves problemas para realizar acciones simples, tales como mantener una conversación o leer un libro, puesto que la acumulación de recuerdos dificulta su capacidad de concentración y percepción.

Curiosamente, en la actualidad el cerebro de Brad está siendo estudiado en el Centro de Neurobiología del Aprendizaje y la Memoria de la Universidad de California, ya que confían en que llegando a la raíz de su anomalía, descubriendo el motivo por el que no es capaz de olvidar, consigan hacer recordar a todas aquellas personas que sufren alzhéimer.

32

He colocado sobre la mesilla el frasco de cristal que contiene la que será mi última cena. No he querido saber su composición. En el fondo me da lo mismo morir tomando cianuro que pastillas para la depresión. Está mezclado con batido de frutas, eso sí me lo han explicado. Lo hacen para dulcificar un poco su sabor, de ese modo se consigue una mejor ingestión y además se evitan posibles vómitos.

Me hubiera gustado que encontraran mi cadáver junto a un envase vacío de Nembutal, como el de Marilyn, pero supongo que a estas alturas la frivolidad está fuera de lugar.

He envuelto el recipiente con papel de aluminio y al mirarlo no puedo evitar acordarme de esas muestras de orina que suelen llevarse a los controles médicos rutinarios. Me parece divertido. En el fondo no tiene ninguna gracia, pero sonrío. Quizá sea por los nervios.

Los últimos treinta minutos los he pasado con los ojos cerrados intentando reproducir en mi cabeza el sonido y el olor de la madera al arder en una chimenea. También he imaginado cientos de gotas de lluvia chocando con fuerza contra un pasto verde.

Me da miedo encender la televisión. No sé muy bien por qué. Tal vez sea porque una vez vi un documental en el que aparecía un tipo que aseguraba que una noche se colocó el cañón de una recortada contra la tráquea y estuvo a punto de apretar el gatillo, pero de repente se fijó en el televisor. Estaba encendido. Reponían *Qué bello es vivir*, de Frank Capra, y sintió la necesidad de verla terminar, aunque ya la hubiese visto media decena de veces.

Vio una película tras otra durante las siguientes dieciséis horas. Sin dormir. Sentado en el suelo del salón. Con la escopeta de cañones recortados sobre su regazo.

Al final rompió a llorar y decidió continuar viviendo con la misma ilusión con la que James Stewart recoge el dinero que le regalan sus vecinos y amigos para pagar todas sus deudas.

33

Algunos veranos los pasábamos en la playa con mi tía, la del periquito, su marido y sus tres hijos. Todas las tardes de esos veranos iba junto a mis primos a unas rocas gigantes donde rompían las olas a buscar cangrejos.

Cangrejos hay de dos tipos: los cangrejos de playa y los de río. Los de playa son redondos, caminan hacia atrás y si tienes paciencia puedes verlos en algunos lugares en los que hay mar. Los de río son alargados y yo solamente los he visto en las pescaderías.

Mi primo Mario quería ser futbolista y mi primo Rubén no quería ser nada. Al final los dos acabaron siendo electricistas, aunque supongo que el primero lo llevó bastante peor. La fórmula más sencilla para alcanzar la felicidad es evitar las expectativas.

Mi prima se llamaba Alba y era muy delicada. No le gustaba el mar, ni tampoco los cangrejos, así que solía pasarse todo el día en el apartamento haciendo solitarios con una baraja de cartas.

Yo sé jugar a dos tipos de solitario.

Uno consiste en colocar todas las cartas tendidas con

las figuras hacia abajo, de tal forma que no puedes verlas, e ir dándoles la vuelta una a una. Cada carta que giras debes colocarla en el lugar que le corresponde y girar la que estaba ocupando la posición del naipe que acabas de ubicar. La gracia del juego consiste en ir volteando toda la baraja sin encontrar los cuatro reyes. Si das la vuelta a los cuatro reyes antes de terminar, pierdes.

En el otro juego tienes que ir descubriendo las cartas de dos en dos, sacándolas directamente del mazo de naipes, de tal forma que siempre quede una encima de la otra. La carta que está encima la puedes retirar, la otra no. El objetivo es conseguir ordenar toda la baraja, por palos y números, cogiendo únicamente las cartas que quedan arriba.

A mi tío le gustaba pasear junto al mar comiendo pipas de girasol. Si le acompañaba durante su paseo, compartía sus pipas conmigo.

Mi primo tenía un regate endiablado que le hacía parecer un personaje de dibujos animados. Llegó a fichar por un equipo modesto de Segunda División, pero nunca debutó.

Una noche fuimos al cine de verano. Estaba situado en un gigantesco descampado abarrotado de sillas blancas de plástico. Era una sesión doble, primero ponían *Las aventuras del barón Munchausen* y después *Arma letal* 2. Yo solo quería ver *Arma letal*, pero como la entrada valía para las dos películas, fui también a la primera sesión. Al final me divertí mucho más viendo *Las aventuras del barón Munchausen*.

Un tumor acabó con la vida de mi tía cuando tenía cincuenta y seis años.

Hacía solo siete meses que había pagado la última mensualidad de la hipoteca de la casa en la que llevaba viviendo veinte años. Siempre bromeaba diciendo que cuando aquella casa fuera suya, solamente suya, podría morir tranquila.

Primero perdió peso, se quedó delgada y débil, y cuando ibas a visitarla era casi una tarea imposible conseguir que se levantara sin la ayuda de alguien. Luego el tratamiento contra su cáncer hizo que perdiera el cabello y las pocas fuerzas que le quedaban. Se pasaba horas enteras en la cama, mirando la televisión, con un pañuelo cubriendo su cabeza. Después llegó una operación en la que perdió un pecho y no ganó nada. Más tarde fue desapareciendo su cordura, apenas hablaba y cuando lo hacía pronunciaba palabras inconexas. Por último, y tras haberse aferrado con todas sus fuerzas a la vida, la perdió.

34

[...] Hace demasiado tiempo que no me emociono ni escuchando ni creando música, ni tampoco escribiéndola, ni siquiera haciendo rock'n'roll. Me siento increíblemente culpable [...]. Cuando se apagan las luces antes del concierto y se oyen los gritos del público, a mí no me afectan [...].

A veces tengo la sensación de que tendría que fichar antes de subir al escenario. Lo he intentado todo para que eso no ocurriese [...].

Soy consciente de que yo, nosotros, hemos influido y gustado a mucha gente. Debo ser uno de aquellos narcisistas que solo aprecian las cosas cuando ya han ocurrido. Soy demasiado sencillo. Necesito estar un poco anestesiado para recuperar el entusiasmo que tenía cuando era un crío [...].

Tengo una mujer divina, llena de ambición y comprensión, y una hija que me recuerda mucho a mí mismo cuando era un niño. Llena de amor y alegría, confía en todo el mundo porque para ella todo el mundo es bueno y cree que no le harán daño. Eso me asusta tanto que casi me inmoviliza. No puedo soportar la idea de que Frances se convierta en una rockera siniestra, miserable y autodestructiva como la persona en la que yo me he convertido [...].

Gracias a todos, desde lo más profundo de mi estómago nauseabundo, por vuestras cartas y vuestro interés durante los últimos años [...].

Y recordad: es mejor quemarse que apagarse lentamente.

Texto extraído de la carta póstuma
de Kurt Cobain

35

Los trabajos no solían durarle demasiado tiempo a mi padre, aun así cuando encontraba uno nuevo parecíamos más felices de repente.

—Esta vez no volverá a pasarnos lo de siempre —decía mi madre cada vez que él comenzaba en una nueva empresa.

Y al principio lo intentaban; todos lo intentábamos. Aparentábamos ser una familia normal, con una vida normal y una casa normal. Pero a las pocas semanas la suerte se nos volvía del revés. Mis padres comenzaban a salir por la noche hasta bien entrada la madrugada y al día siguiente nadie quería levantarse de la cama. Nosotros perdíamos un día de escuela, él perdía su empleo y todos perdíamos la fe.

En Semana Santa sacan a pasear a todos los dioses y a todas las vírgenes del mundo y no hay quien pueda andar tranquilo por la calle porque uno nunca sabe cuándo se va a cruzar en su camino un cristo de madera.

Normalmente a Jesús se le representa de dos formas, o bien cargando una pesada cruz a sus espaldas, o bien clavado en ella.

En algunos países se realizan crucifixiones reales. Hay personas que se atraviesan las palmas de las manos con un clavo enorme por fe. La fe en teoría debería ser algo bueno, algo que te ayude a vivir, pero yo no soy capaz de encontrarle ninguna utilidad a tener las manos agujereadas.

Cada vez que en las noticias aparece un tipo clavado en una cruz de madera, lo que más me desconcierta no es descubrir el motivo que le ha llevado a realizar tal acción, sino el enorme parecido físico que suelen tener quienes practican este tipo de rituales con Jesucristo, al menos con el Jesucristo que aparece en las películas.

Mel Gibson dirigió una versión libre de *La Pasión de Cristo* que tenía mucho más de cine gore que de alegato católico. Pese a todo, hay quienes aseguran que cuando Juan Pablo II vio la cinta dijo: «Así fue».

Lo dijo totalmente convencido. Como si él hubiera estado allí para verlo con sus propios ojos.

Juan Pablo II estuvo a punto de morir el 13 de mayo de 1981 en la plaza de San Pedro, porque Mehmet Ali Ağca salió de entre la multitud y disparó a bocajarro al pontífice cuando este paseaba en un coche descapotable entre los devotos que se agolpaban a su alrededor.

Desde aquel trágico acontecimiento el vehículo de las visitas oficiales tiene un pequeño púlpito cubierto por cuatro vidrios blindados, para poder saludar a los fieles sin arriesgarse a recibir un tiro de un fanático descerebrado.

Todo esto de la seguridad en la Iglesia católica está muy bien, pero algunas personas piensan, y no les falta razón, que si Jesucristo hubiese tenido cuatro millones de guardaespaldas y un papamóvil para desplazarse entre la multitud, quizá no existiría el cristianismo.

También escuché una vez, no recuerdo a quién, que si el hijo de Dios hubiera nacido en Texas en el siglo xx, hoy en día todos los católicos del mundo en lugar de cruces llevarían una silla eléctrica colgando de su cuello.

36

La tarde del 12 de enero del año 2010 un terremoto de siete grados de magnitud sacudió Haití originando destrozos difícilmente reparables en las infraestructuras del país, y causando la muerte de cientos de miles de civiles.

Siete días después de la tragedia la Organización de Naciones Unidas decidió centrar su trabajo en la asistencia a personas heridas y la toma de medidas sanitarias, dando por finalizada la primera etapa de su trabajo, que consistía en encontrar personas con vida bajo los escombros, ya que aseguraba que no era factible que alguien hubiera podido sobrevivir durante una semana sin agua, sin comida y sin apenas oxígeno.

Pese a estas afirmaciones, un vecino del barrio de Nazom aseguró haber escuchado en repetidas ocasiones unas voces que parecían provenir de los escombros de un edificio cercano a su residencia. Inesperadamente, y aunque pareciera que su declaración era propia de un demente, diferentes equipos de rescate de Nueva York, Virginia y Florida decidieron comprobar si aquellas voces que parecían proceder de las profundidades eran reales.

Tras largas horas de trabajo incansable, se consiguió rescatar a Moisés Hoachim y Sabrina Hoachim, dos hermanos de 7 y 10 años respectivamente.

Durante el rescate varios reporteros y periodistas acompañaron a los bomberos para informar de lo que estaba ocurriendo; uno de ellos, el fotógrafo Matthew McDermott, retrató con su cámara la imagen que se convirtió en un icono de esperanza entre tanta tragedia.

En ella puede verse al pequeño, ajeno a todo cuanto le ha ocurrido, alzando los brazos ante la expectación de la gente, como si de una estrella de cine se tratara.

Hoy en día el pequeño Moisés vive en una diminuta choza en Jacmel, un pueblo situado a más de cien kilómetros de distancia de Puerto Príncipe, lugar donde siempre había residido. Lo hace hacinado junto a los seis miembros restantes de su familia en unos pocos metros cuadrados, debe caminar dos horas cada mañana para poder ir a la escuela y otras dos para regresar a casa. El Gobierno de su país no ha ofrecido cantidad económica alguna para reconstruir su hogar y tampoco ha recibido ninguna ayuda de otra entidad pública o privada. Tanto él como su hermana sufren pesadillas y estrés, ya que junto a ellos, en el terremoto, se encontraba su otra hermana, que falleció de inanición ante sus ojos, pero su familia no tiene dinero para poder pagarles un tratamiento psicológico. Apenas tiene comida, tampoco agua, se esfuerza cada día para poder sobrevivir con lo mínimo, exactamente igual que hizo durante la semana que pasó enterrado bajo los escombros; pero ahora, a diferencia de entonces, no hay nadie a su alrededor aplaudiéndole por continuar luchando sin rendirse.

37

El marido de mi hermana coleccionaba coches en miniatura. Los tenía todos expuestos en una estantería ubicada en una habitación vacía que no usaban en su casa. Luego mi hermana se quedó embarazada y la habitación vacía se convirtió en el dormitorio del retoño. En menos de tres años no quedó ni un solo coche ileso. El niño solía usarlos para sus juegos, que consistían en hacerlos chocar entre ellos hasta que sus pequeñas piezas saltaban por los aires.

Eran réplicas perfectas. Pintadas a mano y con todo lujo de detalles.

Se llamaba Edurne.

Tenía los ojos negros como el azabache y olía a vainilla. Bailé con ella una única canción que deseé que durara eternamente. Nunca me atreví a decirle lo que sentía. Era el último día del instituto, pero para mí era mucho más que eso, para mí era como si el mundo se terminara aquella misma noche. Su novio jugaba al baloncesto y pensaba que algún día sería una estrella de la NBA.

Las zapatillas con cámara de aire se pusieron de moda en los años noventa y todo el mundo anhelaba tener unas. Lo malo era que cuando una de las cámaras se pinchaba emitía un desagradable silbido al andar y ya no había manera de arreglarlo.

Cuando mi abuelo se fue a Uruguay, o a Venezuela, lo único que quedó de él fue una colección de películas grabadas en celuloide de ocho milímetros. Escenas cotidianas de su vida, en las que aparecía junto a su mujer o sus hijos en fiestas de cumpleaños y Navidades.

Mi madre me las enseñó un día. Estaban amontonadas sin ningún tipo de criterio en una vieja caja de cartón.

Aunque no se lo dije a nadie, en aquel momento pensé que tras mi muerte me gustaría dejar el mismo legado que mi abuelo. Que lo único que quedara de mí cuando ya no estuviera fuesen decenas de películas mudas de tres minutos de duración que aparentemente no contaran nada. Momentos aislados de mi intimidad sin orden cronológico.

Los mayores secretos de uno mismo se esconden en su cotidianidad.

—¿Qué es lo último que te gustaría hacer si estuvieras a punto de morir? —me preguntó Edurne cuando la música dejó de sonar.

—Volver a bailar contigo —contesté.

—Idiota —dijo sonriendo—, te lo preguntaba en serio.

Y dándose la vuelta comenzó a caminar hacia el lugar en el que se encontraba su novio. Tardó diecisiete segundos en hacerlo y necesitó dar veinticuatro pasos. Hubiera podido intentar decirle algo para que se diera la vuelta. Se me ocurrieron millones de cosas, pero no dije ninguna de ellas.

38

William Stewart Halsted nació el 23 de septiembre del año 1852 en Nueva York. Cursó sus primeros estudios en una escuela religiosa de Massachusetts. Más tarde ingresó en el colegio Phillips Andover. Se graduó en 1869 y posteriormente se matriculó en la Universidad de Yale. Está considerado uno de los padres de la medicina moderna.

Comenzó su carrera como asistente de John Dalton, trabajó como interno en el Bellevue Hospital Center y como médico en el New York Hospital.

En 1890 le nombraron cirujano jefe del centro recientemente inaugurado en la John Hopkins University.

Su ayudante en el quirófano en aquella época era la aristócrata Caroline Hampton, de la que Halsted se enamoró platónicamente.

Los trabajos preoperatorios de entonces exigían a los profesionales de la medicina el lavado de las manos con fuertes productos antisépticos. El contacto continuo con tales sustancias provocó en Caroline una fuerte dermatitis que le impidió continuar con su trabajo como asistente quirúrgica.

William intentó encontrar una solución y, desesperado, recurrió a la empresa de fabricación de caucho Goodyear para que diseñara unos guantes que pudieran protegerla, pero que al mismo tiempo permitieran el trabajo preciso de un quirófano.

Para que no quedara al descubierto la predilección del doctor por su empleada, encargó decenas de pares y obligó al resto de auxiliares a trabajar con ellos en lugar de continuar con las manos al descubierto.

Actualmente el uso de guantes de látex esterilizados en los hospitales está establecido como norma.

39

Lo primero que hice cuando me dijeron que me estaba muriendo fue pensar en las personas a las que me gustaría contárselo. Se me ocurrieron algunas, pero al final, por un motivo u otro, ninguna me parecía la idónea.

Nunca se me ha dado demasiado bien escuchar las miserias de los demás, así que pensé que lo más justo era no atormentar a nadie con las mías.

Mi mejor amigo de la adolescencia tenía el pelo como un cuenco lleno de patatas fritas, por eso todo el mundo le llamaba Ruffles. Era alto y delgado como un jugador de baloncesto enfermo.

Una vez me enseñó el pene.

Lo hizo porque decía que tenía la polla más grande del instituto. Se la iba enseñando a todo el mundo, a los chicos y a las chicas; ante la más mínima oportunidad se bajaba la bragueta dejando su miembro viril colgando fuera del pantalón.

Estaba enamorado de una chica que se llamaba Miriam. Miriam tenía los ojos azules, de un azul tan profundo que cuando parpadeaba se podía escuchar el oleaje del mar. A ella nunca le enseñó la polla, supongo que esperaba poder encontrar el momento idóneo.

El padre de Ruffles estaba en paro. Siempre que iba a su casa lo encontraba tumbado en el sofá mirando la televisión en calzoncillos. Él decía que era detective privado, pero yo nunca le vi moverse de aquel sofá.

Solo recuerdo dos números de teléfono sin necesidad de comprobar algún dígito: el de la casa de mis padres y el de mi apartamento. Miro el aparato inerte de la mesilla y durante un instante pienso en descolgar, pero finalmente no lo hago. Cuando era un crío pasaba horas enteras copiando números telefónicos en un cuaderno y ahora solo consigo recordar un par de ellos.

La última vez que hablé con mi madre dijo que se avergonzaba de mí, que cada noche antes de acostarse deseaba que yo no hubiera nacido. La escuché desde el umbral de la puerta, un instante antes de cerrar y marcharme para siempre. Mi padre estaba en el salón. Lo oyó todo, pero no dijo nada.

El padre de Miriam era el propietario de una tienda de ropa para hombres en la que nunca entraba nadie. Cuando el negocio fue a la quiebra se marchó de la ciudad con toda su familia a rastras para probar suerte en otro lugar. Lo hizo pensando que quizá, si pisaba el acelerador con todas sus fuerzas, conseguirían huir de su propio destino.

Muchas tardes Ruffles y yo íbamos a la tienda cerrada y esperábamos por si Miriam regresaba. No lo hizo. Un par de meses después abrieron una zapatería.

40

Finalmente me decido a encender la televisión. Pero lo hago quitándole el sonido. Un icono verde con forma de altavoz tachado aparece en la pantalla sobre la imagen. Es de noche, solo hay una pequeña lámpara de lectura encendida y la luz azulada del televisor baña la habitación.

En la imagen un hombre parece hacer predicciones. No puedo escucharle, pero creo que contesta las preguntas que le realiza otra persona que no está presente en el plató. Intenta pasar por futurólogo, aunque su indumentaria me recuerda más a la de un adivino de feria. No puedo evitar pensar en mi hermana y en la broma que nunca le llegamos a gastar.

A ambos lados del plano pueden leerse anuncios eróticos. En la parte inferior hay un número de teléfono. No comprendo el motivo que me lleva a hacerlo, pero descuelgo y marco los nueve dígitos que aparecen en la pantalla.

Una máquina responde al otro lado. Me pide paciencia. Asegura que en ese preciso instante la línea está saturada.

Espero un minuto.

Dos

Tres.

Cuatro.

Cinco.

Seis.

Siete.

La voz enlatada reaparece al otro lado. Me pregunta si deseo entrar en directo en el programa de televisión o si, por contra, prefiero que mi llamada sea atendida por un profesional en privado. Lo valoro durante un momento. En el fondo, a estas alturas mi intimidad no debería importarme demasiado, pero aun así me decanto por la segunda opción.

Espero al menos otros siete minutos. No hay hilo musical. No hay nada. Silencio absoluto.

—Ha llamado a la clínica parapsicológica de Clara Sepúlveda, ¿desea que le ayudemos a averiguar qué le depara su futuro?

Por primera vez en más de quince minutos escucho una voz humana. Tiene una tonalidad asexuada. Una neutralidad propia del que no desea dejar rastro. Aun así parece tratarse de una mujer.

—Hola —me limito a decir.

Vuelve el silencio. Un largo silencio que se factura por segundos.

—¿Cuál es tu signo zodiacal? —me pregunta tuteándome.

—Acuario —respondo.

—Indícanos el objeto de tu llamada, Acuario.

Me llama Acuario como si fuera mi nombre de pila.

—No sabía a quién llamar.

—En ese caso has actuado correctamente, estamos aquí para poder ayudarte. ¿Sobre qué etapa concreta de tu vida deseas que centremos nuestra predicción?

—Me estoy muriendo —contesto.

El siguiente silencio es largo, mucho más que los anteriores, y tan denso que parece que pueda palparse con las manos.

—Estoy trabajando —dice la voz del otro lado, que ya no parece neutra ni apaciguada—. Puede que no sea el mejor trabajo del mundo, puede incluso que no te parezca bien lo que hago, pero eso no te da derecho a gastarme este tipo de bromas. No es justo. Ni siquiera es divertido.

—No estoy bromeando. Lo siento. No sé por qué lo he dicho.

—Mira, no sé qué pretendes, pero si de verdad estás enfermo deberías acudir a un hospital. Aquí hacemos lecturas de cartas, no salvamos vidas.

—Estoy solo —le digo—. No tengo a nadie. Me estoy muriendo y me da miedo. Me aterroriza la idea de morir lentamente sin que haya alguien a mi lado.

—Voy a colgar, ¿me oyes? No sé si me estás gastando una broma o si eres un loco que quiere asustarme. ¿Me estás grabando? ¿Lo haces para un programa de radio o algo por el estilo? ¿Estás solo? ¿Hay más gente contigo? Puedo escuchar sus risas, diles que no hace falta que guarden silencio; os he descubierto. Voy a colgar, ¿me has oído? Pienso hacerlo ahora mismo.

—No olvides comprar la prensa mañana —digo—, habitación 067.

También intento disculparme por haberla obligado a pasar por una situación incómoda, le explico que no era mi intención, que cuando decidí llamar ni siquiera sabía lo que iba a decir.

Pero cuando termino de hablar descubro que ha colgado. No sé el momento exacto. Quizá ni siquiera ha escuchado el número de habitación. Se lo he dicho solamente para que cuando descubra la verdad sepa que mi intención no era gastarle una broma de mal gusto.

Continúo mucho rato con el auricular pegado al oído mientras un incómodo pitido se empeña en recordarme que la conversación ha terminado.

Un nudo aprisiona mi garganta cuando cuelgo. Es como si unas manos invisibles no pararan de ajustarme una corbata.

Me levanto de la cama y me arrodillo frente al televisor. Pulso una y otra vez el botón que inicia la búsqueda de un nuevo canal. Lo hago hasta que compruebo la programación completa. No encuentro ninguna cadena que esté reponiendo *Qué bello es vivir.*

41

La gente suele dar consejos con toda su buena intención. Lo que ocurre es que a mí la buena intención de la gente me da cien patadas en el estómago.

Un tipo salió de su casa una mañana con una escopeta de caza a la espalda, se subió a la furgoneta que usaba cada día para ir a trabajar y se dedicó a dar vueltas por Estados Unidos disparando a todo aquel que se cruzaba en su camino. Lo curioso es que no lo hacía solo. Iba acompañado de su hijo, que no era más que un adolescente, y él era el encargado de apretar el gatillo a través de la ventanilla del vehículo. Tuvieron en jaque al FBI durante varias semanas.

Las peores personas del mundo son esas que se pasan la vida en la sala de espera del médico deseando que alguien se siente a su lado para poder contarle, con todo lujo de detalles, lo difícil que ha sido, y todavía es, su existencia.

Odio a todos esos seres vivos cuya única diferencia con los muertos es su capacidad de respirar.

Mi abuelo, el padre de mi padre, era vendedor ambulante. Se pasó toda la vida de un lado para otro cargando con dos bolsas enormes en las que transportaba su empresa.

—¿Qué te gustaría ser de mayor? —me preguntó un día.

—No lo sé —contesté.

—No hagas caso a lo que diga la gente. Intenta hacer siempre lo que te venga en gana. Las posibilidades de triunfar o de fracasar son las mismas para alguien que es feliz que para alguien que se pasa la vida atormentado.

En clase de natación el profesor nos obligaba a meter la cabeza debajo del agua durante una brazada y sacarla para respirar durante la otra. Yo nunca fui capaz de hacerlo como él decía. Cada vez que lo intentaba regresaba a casa con suficiente agua en el estómago como para llenar una pecera.

Los profesores de natación son todos guapos y tienen el pelo rubio de pasarse horas enteras bajo el sol, y les hacen la vida imposible a sus alumnos intentando ahogarles con sus normas estúpidas, porque les habría gustado ganar una medalla olímpica y salir en las portadas de la prensa deportiva y, en lugar de eso, lo máximo que han conseguido en sus miserables vidas de atletas frustrados ha sido follarse a la madre de alguno de los niños obesos a los que entrenan.

Mi abuelo no daba demasiados consejos, pero los que daba eran fantásticos; quizá por eso todos lo que he recibido después no me han servido de mucho.

Mi abuelo se pasaba días enteros solo, viajando sin compañía, lo que le dejaba mucho tiempo libre para pensar. Hoy en día la mayoría de la gente no encuentra tiempo para pensar. Actuamos y vivimos según nos han enseñado. Nuestros conocimientos y nuestras convicciones las hemos heredado de otras personas a las que tampoco les pertenecían.

Formular preguntas es una tarea complicada para quienes nunca buscaron respuestas.

42

43

Mi hermana comenzó a trabajar en casa de un matrimonio de ancianos. Les hacía compañía, les limpiaba la casa y les preparaba la comida.

Un día fui con ella porque se habían comprado un televisor nuevo y no sabían sintonizar los canales. Yo tampoco tenía la menor idea, pero ellos le pidieron ayuda a mi hermana y a ella no se le ocurrió nada mejor.

Su casa olía a amoniaco y a caramelos de menta.

El aparato estaba en una pequeña sala donde él leía la prensa y escribía cartas. Era un hombre tan mayor que su edad ya no era trascendente. Tenía unos dedos larguísimos y unas manos llenas de venas azuladas.

Había sido militar. Luchó en la Guerra Civil y afirmaba haber matado suficientes comunistas como para tener una parcela asegurada en el cielo.

—¿A quién le escribe las cartas? —le pregunté mientras intentaba acceder al menú de la programación.

—Eres aún más indiscreto que tu hermana —contestó—. Son para ella —dijo señalando una fotografía en blanco y negro.

En la imagen se veía a una mujer joven sentada en un taburete alto, colocada de perfil. Posaba para el fotógrafo. La instantánea parecía haber sido tomada en un estudio.

—Era muy guapa su mujer de joven —le dije.

Sonrió.

—Ella no es mi mujer. Fue mi prometida. Murió mientras yo estaba en la guerra. Le escribo una carta cada semana y la guardo en un cajón.

—¿Y a su esposa no le importa?

—¿Te refieres a las cartas que escribo?

—Sí, a eso y a la fotografía.

—No, en cierta forma tiene que estarle agradecida, al fin y al cabo si no hubiera sido por ella ahora mismo nosotros no estaríamos casados.

Me marché de allí sin conseguir sintonizar ni un solo canal.

Tres meses después murió. Le encontró su mujer al ir a despertarle. Llevaban años durmiendo en camas separadas.

Sus hijas vendieron la casa en la que habían vivido toda su vida y la encerraron a ella en una residencia.

Mi hermana fue a visitarla, lo hizo una única vez. Me contó que se pasaba el día recluida en una habitación, que no se comunicaba con nadie, que apenas comía y que nunca salía a pasear. También me dijo que lo único que quedaba del que fuera su hogar en su nuevo dormitorio era aquel viejo marco, con la fotografía en blanco y negro de la mujer que no llegó a contraer matrimonio con su marido, sobre la mesilla de noche.

44

El 20 de enero de 1969 John Kennedy Toole desapareció de su casa y nadie supo su paradero hasta el 26 de marzo de ese mismo año, día en el que se encontró su cuerpo sin vida en el interior de un vehículo.

Gracias a los recibos de las estaciones de servicio en las que paraba a repostar, encontrados en la guantera, se supo que viajó hacia la Costa Oeste para cruzar el país en dirección a Milledgeville, Georgia, donde se cree que se detuvo a visitar la tumba de Flannery O'Connor. La reconstrucción de los hechos indica que regresaba a Nueva Orleans cuando paró en una carretera secundaria a las afueras de Biloxi, Misisipi. Allí fue donde encontraron su cadáver. Allí fue también donde comenzó a crearse su leyenda.

Toole anhelaba ser escritor por encima de todas las cosas. Había creado una historia que consideraba divertida, irónica y reflexiva, sobre la sociedad americana de la época. Ninguna editorial quiso publicarla. Ningún agente literario quiso hacerse cargo de ella. Los continuos rechazos a su novela, que él consideraba una obra maestra, le llevaron a un precipitado deterioro físico y se convirtió en un ser extravagante, adicto al alcohol, que apenas se relacionaba con nadie.

Se suicidó colocando un extremo de la manguera que había robado del jardín de sus padres en el tubo de escape de su coche y el otro lo introdujo en la ventana del conductor. Por último, giró la llave de contacto y esperó a que el monóxido de carbono hiciera su parte.

Tenía treinta y dos años.

Tras la muerte de John, su madre, Thelma Toole, invirtió todo su tiempo en conseguir hacer realidad el que había sido el sueño de su único hijo. Le envió un ejemplar de la obra al novelista Walker Percy y le llamó insistentemente hasta que logró que este leyera el manuscrito.

Lo que en un principio parecía una obligación, terminó convirtiéndose en una obsesión para Percy, ya que acabó tan enamorado del texto de Toole que no se detuvo hasta que consiguió que una editorial comprara sus derechos.

En 1980 *La conjura de los necios*, la novela escrita por John Kennedy Toole y protagonizada por Ignatius J. Reilly, un personaje tan despreciable como entrañable, vio la luz en forma de libro. Un año más tarde recibió el Premio Pulitzer a la mejor novela de ficción a título póstumo.

Quizá el precipitado suicidio del autor le llevó a no poder disfrutar del éxito que posteriormente tuvo su obra.

Quizá de no haberse producido tan trágico desenlace *La conjura de los necios* nunca hubiera logrado llegar a las librerías.

45

A una compañera de trabajo le regalaron un caballo y se puso tan contenta que le hizo medio millón de fotografías y nos las enseñó todas; una a una.

Cuando me paro a pensar en todas las cosas que he hecho por obligación me pongo enfermo. Todos los sitios en los que he estado sin que me apeteciera visitarlos. Todas las películas horribles que he visto hasta el final porque había pagado la entrada y no quería desperdiciar el dinero invertido saliendo de la sala en mitad de la sesión...

También me enfado cuando pienso en toda esa gente a la que me hubiera gustado partir la cara y a los que, por un motivo u otro, al final ni siquiera les dije una palabra malsonante.

La profesora de geografía e historia de quinto de EGB, que me preguntó por la capital de Suecia y cuando le dije que no sabía la respuesta me contestó en tono jocoso que lo mejor que podía hacer, para hacerles un favor a mis compañeros y al equipo docente, era presentarme voluntario al circo. Como si acabar siendo payaso fuera el único futuro posible para quienes no sabíamos situar Estocolmo en un mapa.

El hombre del tiempo, que siempre sonríe aunque no vaya a parar de llover en todo el fin de semana.

El equipo femenino de natación sincronizada, con su pelo plastificado pegado al cráneo, esas pinzas en la nariz que les deforman la expresión del rostro y sus pies: siempre andan con ellos arrugados como si el suelo estuviera ardiendo.

Los curas, que se pasan la vida dando lecciones de moralidad a todos cuantos les rodean y después aprovechan cualquier momento en el que nadie les está mirando para intentar follarse a un niño.

El novio de Edurne, que nunca llegó a ser una estrella de la NBA, pero para cuando ella quiso darse cuenta de su mediocridad ya era demasiado tarde.

Un caballo en cualquier caso no es un buen regalo. No puedes llevártelo a casa, tienes que dejarlo en una de esas cuadras en las que se encargan de cuidarlo e ir a verlo una vez a la semana o una vez cada quince días. Además, en esos sitios siempre estás acompañado por uno de esos profesores que van con sus botas puntiagudas de *cowboy* y no paran de decirte lo que tienes que hacer aunque tú seas el propietario del animal.

Era negro y se llamaba Corcel; el caballo, me refiero. No es un nombre demasiado original, pero supongo que tampoco hay muchas formas de llamar a un caballo.

46

José Monge Cruz, conocido artísticamente como Camarón de la Isla, dio su último recital el 25 de enero del año 1992. Lo hizo en el Colegio Mayor San Juan Evangelista, en el Tercer Festival Flamenco por Tarantos.

Regresaba de un concierto en Nimes, al sur de Francia, y dicen quienes le conocieron y compartieron con él aquellas horas que no quería salir al escenario. Estaba cansado y enfermo. Le costaba cantar. La organización estuvo a punto de suspender la actuación minutos antes de la hora prevista para el inicio del concierto.

Desde su camerino Camarón podía escuchar a las más de quinientas personas que abarrotaban unas gradas que nunca habían acogido una asistencia tan alta. Arropado por el calor del público decidió levantarse y dirigirse a la escalinata que daba acceso al escenario. Un miembro del equipo técnico tuvo que ayudarle a subir las escaleras agarrándole del brazo porque a él le costaba hacerlo solo.

Las cortinas se abrieron y pudo verse su silueta recortada por la luz de los focos y el humo de los cigarrillos.

El público enloqueció al divisarle a lo lejos.

Caminó con la cabeza gacha hasta el centro del entarimado, donde esperaban dos sillas y dos micrófonos.

Se sentó en una de las sillas de mimbre y levantó la mirada por primera vez para observar a Tomatito, su fiel guitarrista, sentado a su lado, mirándole fijamente, a medio camino entre la admiración y la preocupación.

Hubo un largo periodo de silencio en el que nadie tenía muy claro lo que iba a ocurrir. Entonces el cantaor se frotó las manos con fuerza, tragó una gran bocanada de aire y comenzó el que sería su último recital, unos meses antes de su fallecimiento.

Si no me sirven pa na, si no me sirven pa na,
pa que quiero los dineros si no me sirven pa na,
salud es lo que yo quiero y no la puedo comprar.

Soleá por bulerías,
CAMARÓN DE LA ISLA

47

Cuando de pequeño me daba por pensar en la muerte me ponía a sudar y la cara se me quedaba pálida como si hubiera visto un fantasma.

La primera vez que comprendí que la gente se moría fue porque una tarde de verano atrapé una lagartija con mis propias manos y la llevé a casa.

La metí dentro de un frasco de cristal e hice unos pequeños agujeros en la tapa para que pudiera entrar el aire.

Mi madre no me dejó llevarla al salón porque allí estábamos todos viendo la televisión, así que la coloqué en una estantería sobre mi cama. Cada dos o tres minutos me levantaba para ir a verla. No hacía gran cosa. Paseaba un poco y después se quedaba quieta. Tampoco había mucho más que pudiera hacer.

Murió esa misma noche.

Me desperté a la mañana siguiente antes de que sonara el despertador y me puse de pie sobre el colchón para llegar con comodidad a la estantería. Estaba inerte. Dura como un trozo de madera seca.

Se me ocurrió enterrarla, porque me parecía bastante

más digno que arrojarla por el inodoro, y mientras lo hacía pensé por primera vez en la muerte. Comprendí que tarde o temprano todos nos moriríamos. Que aquel, en cierta forma, sería el primero de los muchos entierros a los que tendría que asistir a lo largo de mi vida.

Entré en casa llorando con tanta intensidad que me resultaba casi imposible respirar normalmente.

—La muerte es algo natural —me dijo mi padre intentando consolarme—. Todos nos morimos algún día —concluyó.

Aquella noche recé por primera vez en mi vida. Lo hice aunque no tenía muy claro que hubiese alguien en el cielo escuchándome.

Pedí morir antes que mis padres. Antes que mis hermanos. Antes que toda la gente a la que quería. Deseé con todas mis fuerzas no tener que vivir el entierro de ninguno de ellos.

48

Recuerdo el desierto. Recuerdo la arena, tan fina que corría entre mis dedos como si fuera agua. Recuerdo el cielo, que tumbado a la intemperie podía contemplarse con la misma nitidez que una pantalla de cine. Recuerdo el olor del aire, distinto al de cualquier otra parte del mundo. Recuerdo las estrellas fugaces atravesando el firmamento ante mis ojos. Recuerdo que lo intentaba con cada una de ellas, pero nunca conseguía tener un deseo preparado para cuando aparecían.

49

50

Apago el televisor y vuelvo a la cama. Miro el reloj, ya es casi medianoche. Estoy cansado. Seguir retrasando lo inevitable comienza a no tener mucho sentido. Agarro el pequeño frasco de cristal que está sobre la mesilla y lo desenvuelvo. Dejo caer el papel de aluminio al suelo. Desenrosco despacio la tapa y la coloco sobre la mesilla. Miro el contenido del envase de vidrio. Es blanquecino y denso. Parece un yogur natural. Respiro hondo. No huele a nada. Estoy nervioso. Intento relajarme moviendo los hombros, pero no lo consigo. Acerco despacio la mano a los labios hasta sentir que tocan el cristal. Me detengo. Estoy asustado. Más de lo que nunca antes lo había estado. Más de lo que había imaginado poder llegar a estar. Vuelvo a dejar el recipiente en la mesilla.

Pasan minutos enteros en los que no hago nada. Entonces una idea aparece en mi cabeza. Durante un instante pienso en no hacerlo. Por primera vez desde que recibí la noticia contemplo la posibilidad de hacerle frente a la muerte como una alternativa.

Sin saber muy bien por qué, comienzo a tararear la melodía de la película *Amor a quemarropa*. Visualizo el momento en el que Christian Slater recibe un tiro en la cara y todos los espectadores le damos por muerto. Después hay un largo fundido a negro y cuando la pantalla vuelve a iluminarse lo hace mostrando un plano de una paradisiaca playa, en la que podemos ver al protagonista correteando junto a su hijo. Lleva un parche que le tapa el ojo en el que se ha incrustado la bala que no ha conseguido acabar con su vida.

Mientras le vemos, se escucha la voz en *off* de Patricia Arquette:

> Algunas veces Clarence me pregunta qué hubiera pasado si él hubiera muerto, si aquella bala hubiese ido cinco centímetros más a la izquierda. Yo sonrío, como si no fuera a satisfacerle con una respuesta, pero al final siempre lo hago. Le digo que hubiera querido morir, pero que la angustia y las ganas de suicidarme habrían desaparecido como las estrellas al amanecer, y que es posible que las cosas hubieran sido muy parecidas a como ahora son, aunque de haber sido así, quizá no habría llamado a nuestro hijo Elvis.

Descuelgo el teléfono y marco los nueve dígitos en los que no he dejado de pensar desde que he llegado al hotel. Hay tres largos tonos antes de que alguien responda.

—¿Diga? —preguntan desde el otro lado de la línea.

Escucho atentamente la voz de mi padre y pienso que ya no me recuerda a él. Ahora me parece la de un anciano completamente ajeno a mí.

Hay unos segundos de silencio que se rompen con su tos, una tos que le nace de los pulmones.

—Deberías dejar de fumar —le digo—, te lo he dicho un millón de veces.

—¿Cómo dice? ¿Con quién estoy hablando? —pregunta desconcertado.

Cuelgo antes de que pueda reconocerme.

Las manos me tiemblan y rompo a llorar. Lo hago como un niño pequeño al que acaban de robar su cometa. Agarro el recipiente con fuerza para que no se me caiga y me bebo su contenido de un trago, después lo lanzo contra la pared haciéndolo estallar en cientos de pedazos.

Me cuesta respirar. Abro la boca para que pueda entrar oxígeno con mayor facilidad, pero no lo consigo. Siento como si mi cabeza estuviera debajo del agua. Espero la siguiente brazada para coger aire, pero no llega.

Debería haber preparado mejor la llamada, pienso un instante antes de cerrar los ojos.

Nota del autor

Para la redacción de algunos extractos de esta novela, aquellos en los que se citan fechas o acontecimientos concretos, se han tenido como referencia los siguientes diarios: *La Nación*, *El País*, *El Mundo*, *El Faro de Vigo*, *Público*, *Diario de León*; así como algunos informes emitidos por el Instituto Nacional de Estadística y la enciclopedia *online* Wikipedia.